SOUS LES TILLEULS.

—

TOME I.

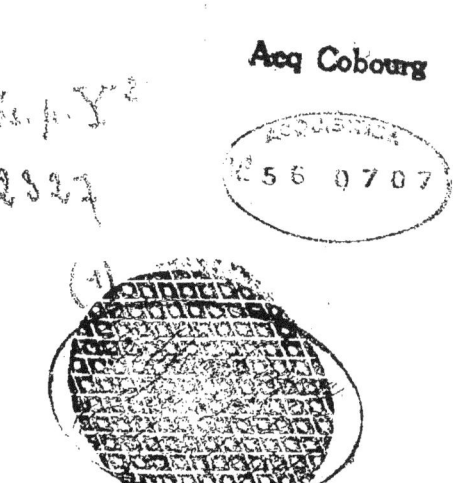

T. JOHANNOT.   PORRET.

SOUS LES TILLEULS.

Alphonse Karr.

＊

TOME PREMIER.

PARIS.

LIBRAIRIE DE CHARLES GOSSEL

RUE SAINT-GERMAIN-DES-PRÉS, Nº 9.

1832.

SOUS

LES TILLEULS.

I.

Magdeleine à Suzanne.

11 avril.

Ta lettre m'a fait un grand plaisir, ma chère Suzanne ; tes récits et tes descriptions ont pour moi toute la pompe et tout le charme de la féerie ; ces riches parures, ces fêtes magnifiques dont tu me parles, ont rempli mes rêves pendant deux nuits : pour moi, je ne sais que te dire en retour ; il n'y a rien ici de pareil, et je n'ai rien à t'apprendre, sinon que les pruniers sont en fleurs, et que le vent tiède du printemps apporte dans ma chambre, au moment où je t'écris, l'odeur des premières violettes et des premières grappes de lilas.

1.

Je te remercie de la belle écharpe que tu m'as envoyée ; il se passera probablement bien du temps avant que je la mette : non que je vive comme une recluse et comme une religieuse, ainsi que semble le craindre ton amitié ; mais le peu d'amis que voit mon père ne sont pas riches, et il ne voudrait pas que ma parure effaçât celles de leurs filles dans nos réunions du dimanche.

Mon père a loué la petite chambre que nous n'occupons pas en haut de notre maison ; celui qui l'habite est un très jeune homme, peu communicatif, sombre et sauvage ; quand je descends au jardin, le matin, je l'y trouve toujours avec un livre qu'il ne lit presque jamais, car il a continuellement les yeux fixés sur la terre, et j'ai remarqué que son livre est toujours le même. Néanmoins, je ne le crois ni triste ni malheureux ; il y a sur ses traits une sérénité et un calme extraordinaires ; aussitôt qu'il me voit, il me salue, et s'enfonce sous les arbres, ou remonte dans sa petite chambre.

Comme je prévois d'avance les questions que tu me feras à ce sujet, et que je sais tout ce qui nous intéresse, nous autres filles, je te dirai qu'il n'est pas beau, qu'il y a même dans

son aspect quelque chose d'inculte et de re-
poussant ; ses vêtemens, propres et bien faits,
sont mis et arrangés avec une extrême négli-
gence. L'autre soir, ma fenêtre était restée
ouverte, et je l'ai entendu chanter : sa voix
n'est pas désagréable, et a une grande expression ; mais il chante mal et sans aucun art.
Mon père dit qu'il est très savant, c'est tout
ce que je puis t'apprendre ; je ne lui ai jamais
parlé, et ni lui ni moi n'en cherchons les oc-
casions ; et il est probable que nous n'aurons
jamais de relations plus étendues.

Mon père est en ce moment fort occupé ; il
a fait avec un voisin un échange d'ognons de
tulipes, et il craint que la saison soit trop avancée pour les replanter.

Adieu, ma bonne Suzanne ; embrasse pour
moi ta mère et ton père, et reçois l'assurance
de ma bien tendre amitié.

MAGDELEINE.

P. S. Je m'aperçois que plus de la moitié
de ma lettre est remplie par un étranger qui
ne nous intéresse ni l'une ni l'autre ; accuses-
s-en la monotonie de notre vie, dans une petite ville, sans société et sans distractions.

II.

Magdeleine à Suzanne.

15 avril.

JE t'écris, ma bonne Suzanne, et je n'ai rien à t'apprendre ni à te dire ; ainsi tu es bien libre de déchirer ou de brûler ma lettre sans la lire. Je t'écris parce que je suis triste et ennuyée sans en savoir la cause ; parce que tu es la seule que je puisse impunément fatiguer de mon bavardage.

Le temps est magnifique. Le soleil prend de la force, tout germe et se développe ; la séve, long-temps emprisonnée dans les rameaux, jaillit en feuillage d'un vert tendre ; l'air tiède pénètre le corps et lui donne une langueur mêlée de plaisir et de peine. Depuis quelques jours, il m'est impossible de rester

en place; je vais du jardin à la maison, et de
la maison au jardin, sans but, sans raison. Le
matin, je descends au jardin, je m'assieds avec
un livre à la main, et bientôt mon livre tombe.
Je respire l'odeur du jeune feuillage, je m'enivre de l'air printanier qui caresse mes cheveux; et je tombe dans une rêverie profonde,
dans une taciturne contemplation. Des heures
entières mes yeux restent fixés sur un brin
d'herbe qui brille au soleil comme une émeraude, et je sens dans le cœur ce malaise qui
fatigue l'estomac quand on n'a pas dîné pour
aller plus tôt à un bal ou à une fête, une sorte
de vide douloureux; puis, de grosses larmes
roulent dans mes yeux, et je me soulage en
pleurant de tout mon cœur. Et je te le jure,
ma bonne Suzanne, je n'ai aucun chagrin;
mon père m'adore, et n'est heureux que de
mon bonheur; il met tous ses soins à prévenir
mes moindres désirs; et, malgré son amour
pour ses tulipes et ses jacinthes et toutes les
plantes de son jardin, il les néglige souvent
pour me procurer un plaisir ou une distraction. Te souvient-il, ma bonne Suzanne, du
temps que nous avons passé ici ensemble; de
ma folle gaîté et de mon insouciance? Je ne
sais plus où est tout cela : tout autour de moi

semble prendre une nouvelle vie, tout se pare de vêtemens de fête, ainsi que dit Goëthe :

> Comme en un jour d'hymen, la nature est parée ;
> La lisière de la forêt,
> De beaux genêts fleuris brille toute dorée
> Aux rayons du soleil de mai ;
>
> Et la brise rafraîchissante
> S'embaume en se jouant dans les lilas tremblans,
> Ou sème sur la terre une neige odorante
> En balançant les cerisiers tout blancs.

Et moi seule je suis triste, et il y a comme un crêpe funèbre sur mes pensées. Les oiseaux se cherchent et se rassemblent sous le feuillage des tilleuls. Le printemps, dit-on, est la saison de l'amour, et dispose l'âme aux douces impressions; et moi, je n'aspire qu'à être seule; et, quand je suis seule, je pleure, sans qu'aucune cause puisse justifier mes larmes; et, oserai-je te l'avouer? je ressens à pleurer un plaisir nouveau pour moi. Tu me trouves bien folle, n'est-ce pas? j'en suis plus surprise et plus effrayée que toi. Quand je regarde autour de moi, je ne vois que des raisons de rendre grâce à Dieu de tout le bonheur qu'il fait pour moi chaque jour; et je me trouve bien ingrate envers lui, et bien indigne de ses bontés.

Adieu, ma Suzanne.

III.

Edward à Stephen.

Quoique tu n'aies pas eu assez de confiance
en mon amitié pour me faire part ni de tes
projets de fuite, ni du lieu de ta retraite, et
que tu aies eu l'injustice de me traiter à l'égal
de tes parens, je t'écris parce que je suis plus
prévoyant que toi.

Nous avons été élevés ensemble, et nous
avons grandi, moi, comme un lierre capri-
cieux, toi, comme un haut peuplier; tu ne
vois en moi qu'un camarade d'enfance, et tu
me fuis comme on fuit un insecte au bour-

donnement incommode. Tu crains que mes
paroles sèches, que mon esprit positif, ne flé-
trissent comme un vent malfaisant les rêves
célestes de ton imagination.

J'admire ta vie idéale et poétique, comme
j'admire les poésies des anciens Bardes ; comme
les rêveries des sombres et méditatifs écrivains
de notre pays. Mais, vois-tu, mon cher Stephen, ce sont de belles et de brillantes fleurs
qui se faneront quand finira le printemps de
ta vie ? Alors tu te rapprocheras de moi, nos
deux langages se ressembleront, et ma voix
n'offensera plus ton oreille.

Aujourd'hui tu me fuis, et tu as raison ;
nous ne pouvons encore marcher sur le même
chemin ; l'air dans lequel je vis te tuerait. Je
n'aimerais pas te voir rire de pitié et de mépris
de ce qui fait mon bonheur : nous pourrions
nous haïr, et pourtant nous sommes faits pour
nous aimer. Il y a dans nos deux natures quelque chose qui me semble s'emboîter et s'adap-
ter assez bien ; les angles sortans et rentrans
de nos caractères coïncident. Il faut nous réserver pour plus tard une bonne et franche
amitié. Nous nous rapprocherons quand le vent
du nord aura rendu plus flexible la tige du peu-

plier, et quand, après avoir vu s'effeuiller tes illusions, tu sentiras le besoin de te rattacher à ce qu'il y a dans la vie de positif et de prosaïque ; quand tu descendras du ciel où tu demeures, et que tu seras assez près de la terre pour que nos mains puissent se toucher.

Jusque-là, tenons-nous loin l'un de l'autre ; j'y consens : nous nous choquerions trop souvent. Mais pourquoi ne nous ferions-nous pas de loin des signaux d'amitié ? pourquoi voudrais-tu me défendre de m'intéresser au bien et au mal qui t'arrivent ?

Ta famille se plaint beaucoup de toi ; il est, en effet, assez extraordinaire d'être parti avec l'argent à peine nécessaire à ton voyage, sous prétexte d'aller finir tes études à Gœttingue, et d'être disparu sans donner de tes nouvelles depuis deux mois. Il faut que tu aies un grand éloignement pour la fille que l'on te destine ; et, cependant, s'il était permis de te faire une observation, je te dirais que ton père n'ayant qu'une pension viagère, n'a absolument rien à te laisser à sa mort, et que ce mariage te mettrait en possession d'une belle fortune, qui est la véritable source de l'indépendance dont tu es si amoureux.

Adieu ; j'espère que tu daigneras remarquer avec quel soin j'ai évité dans ma lettre tout éclat de gaîté bruyante, toute atteinte à ta poésie, toute irrévérence envers tes chimères, afin que cette épître trouve grâce devant toi, et que tu ne la reçoives pas comme un hôte incommode, ainsi qu'il t'arrivait parfois de faire envers moi.

Charge-moi de tes commissions.

Ton frère est mon compagnon de plaisirs, nous parlons quelquefois de toi. Il paraît t'aimer beaucoup.

IV.

Oh ! dites-moi que je ne dors pas.
KLOPSTOCK.

Il est tard, et je suis dans ma chambre auprès du feu, sans pouvoir dormir. La lettre d'Edward m'a fait faire des réflexions. Est-ce que réellement je verrais s'éteindre la poésie de mon âme? Est-ce que je verrais jaunir et tomber une à une, feuille à feuille, toutes mes belles croyances? Oh! non, non, le Dieu qui m'a créé n'a pas voulu faire une amère dérision; il n'a pas mis en mon cœur le désir et l'espérance, pour les froisser et les broyer

par de tristes désappointemens; il n'a pas donné
à mon esprit des ailes qui l'enlèvent sur les
nuages rosés du matin, pour le faire ensuite
retomber lourdement sur la terre; le bonheur
que j'ai pressenti n'est pas un songe : une âme
qui cherche mon âme; une femme pour com-
pléter ma vie; un amour qui me donne cette
moitié de moi-même dont je sens si cruellement l'absence, qui remplisse ce vide douloureux de mon cœur.

Tout, dans la nature, est plus grand que
notre imagination; jamais mon esprit n'avait
pu me faire une idée bien juste d'une haute
montagne; et quoique nos poètes aient si souvent parlé du lever du soleil, la première fois
que j'ai assisté à ce sublime spectacle, j'ai senti
combien mon imagination était restée au-
dessous de la réalité. Les rêves de l'imagination ne sont qu'un reflet pâle des œuvres de
Dieu. Faut-il croire que, par un triste privi-
lége, notre esprit ait, sous un seul rapport,
une puissance de création plus grande que
celle de Dieu, qu'il ait la force d'imaginer
un bonheur que le Créateur n'a pas pu faire
pour nous?

Non, non, ce bonheur dont je sens le

besoin, Dieu l'a fait pour moi, comme il m'a fait le soleil qui vivifie, et l'ombre des arbres, et le vent parfumé qui fait frémir les feuilles.

Si Edward a raison, fasse le ciel que je ne vive pas plus long-temps que mes croyances; que je n'aie pas à porter le deuil de mon âme, et qu'après avoir senti ma tête dans les nuages, caressée par l'haleine des anges, je ne me voie pas rapetissant et rampant sur la terre comme un froid reptile!

En tout cas, je le saurai, et je ne me survivrai pas à moi-même; souvent j'écrirai mes impressions, et je les comparerai. Le jour où je serai convaincu que ce que j'ai dans le cœur est une brillante bulle de savon qui s'écrase et se dissout, que mon bonheur m'échappera comme l'eau à travers les doigts serrés pour la retenir, je m'en irai de la vie, et j'irai demander à Dieu dans le ciel ce qu'il m'avait promis sur la terre; car Dieu est un bon père, et chacun de nos besoins renferme une promesse de le satisfaire.

V.

Où l'on apprend combien il y a de variétés de jacinthes.

Ce matin, je suis descendu au jardin ; le ciel était bleu et il faisait du soleil ; j'y ai trouvé M. Müller. Je le saluai en silence ; il me rendit mon salut, et resta debout appuyé sur sa bêche, les yeux fixés sur moi, et paraissant attendre que je lui adressasse la parole. J'étais un peu embarrassé ; je ne savais que lui dire ; comme j'hésitais, il me parla le premier et me dit : Un beau soleil, monsieur !

— Oui, dis-je, un beau soleil.

Et comme je pensai qu'en échange d'une

observation, quelque oiseuse et insignifiante qu'elle fût, je lui devais une observation, j'ajoutai : Et un beau ciel. — Oh ! oh ! me dit M. Müller, les nuits sont encore fraîches, et je crains les gelées. J'aurais voulu partir et m'enfoncer sous l'allée de tilleuls ; mais il restait appuyé sur sa bêche. Une conversation était inévitable. Je me résignai et fis une corne à la page de mon livre. C'était à mon tour de parler, et je cherchais dans ma tête quel sujet de conversation je pouvais entamer. Il m'advint à l'esprit qu'il serait convenable que je lui demandasse des nouvelles de sa fille ; mais je ne sais pourquoi, au moment d'ouvrir la bouche, j'hésitai. Je pensai d'abord qu'un intérêt trop marqué pour une jeune fille pouvait inquiéter le père ; puis, qu'il y aurait de l'affectation à n'en pas parler ; et comme je m'y décidais, je songeai que mon hésitation pouvait avoir été remarquée, et je me sentis rougir, et je ne dis rien.

M. Müller reprit sa phrase : « Je crains les gelées ; et avant le lever du soleil, vous n'eussiez pu rester dans le jardin la tête nue. » Je souris. — « Vous êtes jeune, me dit-il, et je suis vieux. J'ai tort de mesurer votre force

à la mienne ; c'est un défaut commun chez les
vieillards ; vous pouvez braver le froid, mais,
moi, j'ai besoin de soleil. Quand j'avais votre
âge, je faisais comme vous ; jamais un vent
du nord, quelque piquant qu'il fût, ne m'a
empêché d'aller herboriser sur les montagnes ;
jamais les brumes froides de l'hiver ne m'ont
fait retarder une partie de chasse dans la forêt ;
et j'aime à voir les jeunes gens marcher et
courir dans la neige. Vous avez pu voir ma
petite Magdeleine elle-même, venir au jardin
par des jours bien froids : j'exige seulement
qu'elle soit bien vêtue. Cette pauvre enfant
doit voir avec peine le soleil à travers les vitres ;
il nous est venu un cousin auquel il lui faut
tenir compagnie ; et je gage qu'elle le maudit
de tout son cœur ; c'est pourtant un beau et
spirituel garçon. »

À ces paroles, je sentis un frisson courir
sur tout mon corps.

La porte du jardin s'ouvrit ; Magdeleine
entra suivie d'un grand jeune homme blond :
la voix de Magdeleine était gaie et affectueuse.
Je ne sais pourquoi, pour éviter de la saluer,
je feignis de ne l'avoir pas aperçue, et je me
baissai pour regarder une jacinthe.

« C'est la jacinthe de Hollande, me dit M. Müller ; cet ognon me vient d'un homme auquel
j'eus le bonheur de rendre un grand service,
et de temps à autre il m'envoie quelques cadeaux en souvenir. C'est une histoire assez
curieuse. J'avais alors trente ans, c'était l'hiver, le jour commençait à baisser..... »

Magdeleine arriva près de nous ; je saluai
froidement, et en parcourant d'un regard sec
toute la personne du cousin. Eh bien ! Schmidt,
dit M. Müller, restes-tu à dîner avec nous ? —
Oui, mon oncle. — C'est bien. Magdeleine,
as-tu parlé à Geneviève ? — Non, mon père,
mais je vais y aller. — Non, tiens compagnie à
Schmidt ; je me charge de commander le dîner.
Monsieur, me dit-il à moi, je vous raconterai
mon histoire quelque autre jour. »

Magdeleine et son cousin restaient devant
moi, ils attendaient par politesse quel parti
j'allais prendre ; mais je n'étais pas d'humeur
à me mêler à une conversation ; je m'inclinai
et m'éloignai en faisant semblant de lire ; mais
j'étais occupé de définir ce qui se passait en
moi.

Il me semblait que j'avais sujet de me plaindre de Magdeleine, et mon aspect était sérieux,

et même sévère. Le cousin me choquait; il y
avait en lui un air d'impertinence et de fatuité.
J'aurais donné tout au monde pour qu'un
prétexte suffisant me permît de lui chercher
querelle, d'autant qu'en s'éloignant il dit à
Magdeleine quelques mots qui la firent rire
très fort. J'imaginai qu'il se moquait de moi;
je me sentis pâlir, et je retenais mon haleine
pour tâcher de saisir quelques mots; mais
nous marchions dans une direction opposée,
et il me fut impossible de rien entendre.

Suis-je fou? me demandai-je; ce jeune homme
m'a-t-il insulté en quelque chose, et ne peut-il
faire une plaisanterie sans que je m'en croie
le sujet? et, en tout cas, pourquoi ai-je salué
mademoiselle Müller plus sèchement que de
coutume? Allons! et je fis un mouvement
comme un homme qui rejette au loin une
idée qui le gêne. Ouf! dit M. Müller qui était
revenu, et qui, sans que je m'en aperçusse,
avait repris son occupation, vous avez failli
mettre le pied sur une jacinthe qu'il n'aurait
pas été en votre pouvoir de remplacer; c'est
la jacinthe bleue polyanthe. Outre celle-ci, je
n'en connais que deux autres, l'une à Amsterdam, chez l'ami dont je vous ai parlé, et

l'autre chez un fleuriste français à Chinon en Touraine. Si vous saviez que de soins me coûte cette jacinthe! si vous me voyiez placer l'ognon juste à un demi-pied en terre, mettre dessous de la terre maigre pour l'empêcher de pourrir, et de la terre grasse dessus pour lui donner de la nourriture! si vous me voyiez écarter d'elle tout ce qui peut intercepter les rayons du soleil, vous seriez effrayé de votre distraction.

« Monsieur, c'est une bien belle fleur que la jacinthe; aussi le savant Petrus Hoffpenger prétend-il que son nom vient du grec *ια* et *κυνθος*, c'est-à-dire *fleur par excellence;* mais je soutiens, malgré son autorité, que le nom de la jacinthe est formé de *ια* et de *κυνθιος*, c'est-à-dire *violette d'Apollon.* »

A ce moment, je regardais le cousin qui tenait dans sa main la main de Magdeleine; je fis un mouvement pour tirer M. Müller de sa rêverie, et lui faire voir ce qui se passait; mais il me dit : « Qu'en pensez-vous, vous qui êtes helléniste? »

Je me fis répéter ce qu'avait dit M. Müller; et comme je ne donnai pas d'avis, il continua: « L'avis de Petrus Hoffpenger s'appuie sur l'esprit rude qui se trouve sur *ια* dans le premier

sens, et se rapporte à la lettre *h* qui commence
en français le nom de la *hyacinthe*.

« Cependant, je ne crois pas me tromper, j'ai
lu tout ce qu'on a écrit sur les jacinthes, et je
pourrais vous nommer et vous désigner les
espèces de jacinthes, depuis la jacinthe de
Constantinople jusqu'à la jacinthe incarnate
de Flandre. »

Enfans, cria M. Müller, allons dîner !

Ils se dirigèrent ensemble vers la maison,
et je sortis, comme de coutume, pour aller
manger à mon hôtellerie ; mais j'étais agité,
je ne mangeai pas, et je passai le temps à me
promener dans la campagne.

VI.

Anxiété.

L'herbe que ses pieds ont touchée,
Dont la pointe encore penchée
Semble avoir conservé l'empreinte de ses pas.
SCHILLER.

J'ai marché depuis le dîner, je rentre harassé, il n'est que huit heures ; en montant à ma chambre, à travers une mince cloison, j'ai entendu de la musique, deux voix, deux voix unies. Elle et lui !

J'ai appliqué mon oreille à la cloison ; ce qu'ils chantaient, c'était une joyeuse chanson. Il m'a semblé que s'ils avaient chanté un air plus tendre, j'en aurais ressenti un mal affreux.

O mon Dieu! que se passe-t-il donc en moi? Mon cœur est serré comme si j'allais pleurer. Je sens contre mademoiselle Müller des mouvemens de haine; il me semble que ce cousin, ce Schmidt aux cheveux blonds, me vole un bien qui m'appartient, que le regard et la voix de Magdeleine sont à moi, qu'elle est coupable envers moi.

Que fait-elle cependant? Elle reçoit bien, et convenablement, un parent, un ami d'enfance. Et moi, étranger, inconnu, qu'ai-je droit d'exiger? Rien, que de la politesse. Et qui me l'a refusée? Mais j'ai vu sa main dans celle de Schmidt : elle ne la retirait pas; et quand mon regard s'est fixé sur elle comme pour l'interroger, elle a détourné les yeux, elle n'a osé le soutenir.

Pourquoi? Pauvre fou que je suis! m'avait-elle promis quelque chose? est-elle ma femme ou ma fiancée? m'aime-t-elle où m'a-t-elle dit qu'elle m'aimait?

Et pourquoi m'aimerait-elle? lui ai-je dit que je l'aimais? Et l'aimai-je? moi, qui, jusqu'à ce jour, l'ai regardée comme on regarde une belle fleur, comme on regarde la fauvette qui sautille harmonieuse sous la feuillée verte.

Cependant, quand ce Schmidt lui a pressé la main, il m'a semblé qu'on m'arrachait violemment quelque chose du cœur; quand elle riait avec lui, qu'une joie douce et sereine brillait sur son front et dans ses yeux, j'ai senti qu'elle n'avait pas le droit de prendre un bonheur qui ne vient pas de moi.

C'est une fièvre, une fièvre qui sera passée demain : heureusement qu'on n'en a rien vu; on aurait ri..... Magdeleine rire de moi! c'est une fièvre, il faut dormir; non, j'ai besoin d'air, je vais retourner au jardin.......

Qu'y viens-je faire? Il me semble qu'il reste quelque chose d'elle dans ce feuillage qui a répandu de l'ombre sur sa tête; dans ce gazon sur lequel elle a marché.

La porte se ferme; c'est M. Schmidt qui sort, Geneviève l'éclaire; j'ai un poids énorme de moins sur la poitrine. A travers les vitres je vois une lumière qui passe; c'est elle qui la porte : oui, la lumière brille à travers les rideaux de sa chambre.

Elle se couche, elle va dormir; dormir calme et paisible, quand mon sang brûle dans

mes veines; la lumière est éteinte, je ne vois
plus que la faible lueur d'une veilleuse.

J'ai bien besoin de repos, et je ne puis rester un instant à la même place; je vais remonter dans ma chambre; j'envoie de la main un
baiser vers sa chambre. Où va-t-il? il m'a
semblé que mes lèvres touchaient son front
si blanc, si pur. Non, non, c'est la fièvre.....

Je suis dans ma chambre, sur mon lit. Enfant! j'ai fait du bruit en montant pour qu'elle
m'entendît, pour qu'elle fût forcée de penser
à moi, pour que cette idée fût la dernière en
fermant les yeux: Voilà M. Stephen qui monte
chez lui.

VII.

Edward à Stephen.

J'ATTENDS toujours une réponse, et quelle que soit ton obstination à garder le silence, je ne me découragerai pas ; je t'écrirai toutes les semaines, tous les jours ; et d'ailleurs, comme il n'y a entre nous que dix lieues, un de ces matins je monterai à cheval, et tu me verras prendre d'assaut ta retraite.

Personne ici, excepté moi, ne te défend ; on te blâme d'avoir ainsi quitté ta famille, d'avoir renoncé à un mariage avantageux sous le rapport de la fortune, honorable sous celui des convenances, et très désirable, eu égard à la jeune fille, qui est belle et spirituelle; je te jure qu'à ta place je m'en serais parfaitement accommodé. A propos de mariage, le mien est rompu d'hier, et voici comment.

Hier soir, j'étais chez la mère de Maria, seul avec elles deux, et nous causions des préparatifs de notre mariage et de ces menus détails qui rapprochent si bien les distances du temps. Maria parla de sa parure. Elle voulait une robe de satin blanc, j'étais d'un avis contraire; elle n'a pas le teint assez blanc pour supporter l'éclat du satin; néanmoins je cédai. — « Et vous? me dit-elle. — Moi, dis-je, oh! ma toilette est de peu d'importance; je serai mis comme tous les mariés; un costume habillé. — Oui, dit Maria, vous aurez un pantalon collant. — Ma chère Maria, dis-je, je vous demande grâce pour le pantalon collant. — Non, non, dit-elle, je ne veux pas que vous ayez l'air négligé. — Mais, Maria, dis-je, voulez-vous que les enfans me jettent des pierres à la sortie de l'église? Laissez-moi déguiser l'exiguité de mes jambes sous le pantalon large. — Au moins, repartit-elle, vous laisserez sortir de la cravate les pointes de col de votre chemise. — Quel enfantillage! dis-je. — Oh! s'écria-t-elle, c'est que ce n'est pas votre usage; et Sophie faisait l'autre jour la remarque que cela va fort mal, et j'ai annoncé que je vous ferais perdre cette habitude. »

Je me trouvai un peu impatienté que mademoiselle Sophie se mêlât de mes affaires, et que ma fiancée fît déjà parade de son pouvoir sur mon esprit. « Allons, dis-je, n'en parlons plus. — Si, au contraire, parlons-en, dit-elle. — Pourquoi? — Parce qu'il faut que vous me le promettiez. — Maria, n'avons-nous pas à parler de choses plus intéressantes? — Nous en parlerons après : répondez-moi. — Quelle futilité! — Quel entêtement! — Eh bien, je vous réponds. — A la bonne heure. — Je resterai comme je suis. — Vous plaisantez, sans doute. — Non. — Vous montrez un fort joli caractère. — Je me montre tel que je suis, et ce n'est pas par de pareilles niaiseries que je veux vous montrer mon amour. — Cela m'apprend à quoi je dois m'attendre quand je serai votre femme. — Allons, dit la mère, Edward, un peu de complaisance. »

Je fis un geste d'impatience.

« Tenez, dit Maria, le voilà en colère contre moi, et il dit qu'il m'aime; voyez comme il a l'air méchant, et cela parce que je veux l'empêcher d'être ridicule! — Maria, c'est me dire que je l'ai été jusqu'à ce jour. — Prenez-le comme vous voudrez, mais il est inouï qu'un promis soit aussi peu complaisant. — Mais, si ce qui vous paraît bien me paraissait ridicule à moi! — Tenez, vous n'avez pas le sens commun. — Maria, ne nous querellons pas pour si peu de chose; je ne me mêlerai pas de vos ajustemens, ne vous occupez pas des miens, et que ce sujet soit fini, dis-je plus sévèrement. — Mon gendre, dit la mère, je suis contrainte de vous blâmer. »

J'étais horriblement contrarié de cette petitesse d'esprit, et de ce caprice, et de cette prétention à la domination. « Morbleu ! madame, dis-je à la mère, mêlez-vous de vos affaires !

— Vous êtes un impertinent, dit-elle. — Et vous, deux sottes créatures, » dis-je; et je pris mes gants, ma canne et mon chapeau.

Edward, dit la mère, songez à ce que vous allez faire. J'hésitai; mais Maria dit : « Laisse-le libre. »

Je partis, et ce matin j'ai reçu une lettre qui m'interdit la maison.

Ce mariage était loin d'être aussi avantageux que le tien, et je ne le regrette pas; d'ailleurs, la fortune de mon oncle me suffira.

Ton frère t'écrit quelques mots, il veut te faire part d'une résolution qu'il a prise.

VIII.

Eugène à Stephen.

Nous as-tu donc oubliés, frère? ou as-tu de si grands chagrins que tu ne puisses les confier à tes meilleurs amis?

Notre père te blâme beaucoup de ne pas suivre avec plus de persévérance la carrière qui t'est ouverte, et de ne pas continuer tes cours à l'université, comme le désire toute notre famille, pour devenir professeur : c'est un moyen d'obtenir de bonnes places bien rétribuées. On dit que tu as une sotte manie de faire des vers et d'écrire; que cela ne mène à rien qu'à mourir de faim; mais que ton maudit orgueil ne veut entendre aucun conseil, etc.

Pour le moment, on n'est guère plus content de moi; je me suis engagé, je suis soldat, j'ai cédé à une passion violente pour l'état militaire; à cet instinct qui, au bruit des fanfares des trompettes, me fait porter la main au côté pour y chercher un sabre, et me fait bondir le cœur au pas des chevaux.

Je suis soldat; il a fallu bien du temps et bien des prières pour obtenir le consentement de mon père; il m'a fallu essuyer bien des reproches et des sermons; mais enfin tout est fini.

Si tu me voyais, frère, notre uniforme est magnifique.

Et j'ai le plus beau cheval de l'escadron, un beau cheval bai, dont le poil est doux et luisant comme les cheveux d'une fille; ses jambes grêles et nerveuses semblent appartenir à un cheval arabe, et son encolure à un andaloux. Sitôt que sonne la trompette, tu l'entendrais hennir et piaffer; ses pieds frappent la terre, et ses larges naseaux aspirent et cherchent l'odeur de la poudre. Il bondit sous moi, et s'indigne de la main qui l'empêche d'aller en avant.

Mon père, qui voulait s'opposer à mon engagement, trouve que l'uniforme me va fort bien, et se plaît à sortir avec moi dans les rues de la ville.

De plus, on parle de guerre, mon bon Stephen, et demain nous nous mettons en route pour la frontière. Depuis que la nouvelle de notre départ est arrivée, ce ne sont que dîners d'adieu dans notre famille. On me choie, on me caresse à me donner presque des regrets de mon départ. Nous allons nous battre, frère; on a aiguisé nos sabres et mis en état nos pistolets; tu ne saurais t'imaginer avec quelle impatience j'appelle la première bataille; mes camarades iront bien vite si je ne suis pas en avant, et si je ne porte pas aux ennemis le premier coup de sabre.

Je me trouve bien heureux de l'éducation que j'ai reçue; je n'ai eu besoin d'apprendre ni à monter à cheval, ni à manier le sabre. Engagé depuis huit jours, je marche avec les vieux soldats, tandis que plus de cent de mes camarades sont forcés de rester en arrière.

Ne t'embrasserai-je pas avant de partir, Stephen? cela me porterait bonheur.

IX.

Faute contre les usages.

Vers la moitié de la journée, Stephen descendit au jardin. Il y trouva M. Müller.
M. Müller commençait à lui montrer une sorte
d'affection; en l'abordant et en le quittant, il
lui serrait cordialement la main, et, avec une
franchise amicale, n'hésitait pas à lui dire,
quand l'occasion s'en présentait : M. Stephen,
donnez-moi une serpette qui est auprès de
de vous. M. Stephen, maintenez un peu cet
espalier. M. Stephen, faites-moi donc le plai-

sir de m'aider à rentrer mes orangers. Le ciel est bien jaune au couchant, nous aurons cette nuit un vent frais.

Et Stephen l'aidait de son mieux. Plus d'une fois même, il tirait de l'eau, quand M. Müller arrosait.

M. Müller, quand Stephen descendit au jardin, du plus loin qu'il le vit, lui cria : Vous êtes plus grand que moi, M. Stephen; venez donc abattre ce nid de chenilles.

Vive Dieu! dit-il, quand l'opération fut faite, il y en avait là plus de mille qui se seraient répandues sur l'arbre, et en auraient rongé et disséqué les feuilles; et remarquez que ce tilleul, avec celui qui est en face et les deux qui commencent l'allée, est beaucoup plus beau que les autres : c'est le tilleul de l'Amérique septentrionale; Hoffpenger l'appelle *tilia argentea*, à cause que ses feuilles sont cotonneuses et blanches comme de l'argent par-dessous. Ses fleurs ne paraissent qu'au mois d'août, mais sont beaucoup plus odorantes que celles de toutes les autres variétés, telles que *tilia rubra*, *tilia pubescens*, *tilia laciniata*, *tilia mycrophilla*, etc., etc.

La plupart des canaux en Hollande sont

bordés de tilleuls des deux côtés; le tilleul de Hollande a le feuillage plus étroit et plus sombre; vous en voyez un à droite, le quatrième.

— C'est un bel arbre, dit Stephen, il donne beaucoup d'ombre et répand un suave parfum.

— Oui, au mois de juin; son écorce sert à faire des câbles, et son bois est le meilleur pour faire le charbon qui entre dans la composition de la poudre.

Le mot *tilia* paraît venir du grec πτολον, plume, parce que le tilleul porte ses fleurs sur des languettes qui ressemblent assez à des plumes.

— Πτολον, murmura machinalement Stephen. Mais M. Müller, dans sa préoccupation, crut entendre un autre mot; il parut surpris, resta quelques instans dans une sorte d'indécision, et dit: Je crois que vous avez raison; c'est singulier que cette idée ne me soit jamais venue.

Stephen ignorait complétement avoir eu une idée; il prêta l'oreille, et tâcha de démêler ce qui pouvait avoir donné lieu à cette supposition.

En effet, dit M. Müller, l'étymologie *te-lum* est parfaitement juste ; car les anciens faisaient des flèches et des javelots avec le bois de tilleul, de même qu'ils se servaient de l'écorce intérieure pour faire une sorte de papyrus ; et j'ai chez moi un manuscrit écrit de cette manière, il y a peut-être onze cents ans. Jeune homme, vous avez une grande aptitude pour la science, et je vous dois la véritable origine du mot *tilia ; telum*, c'est bien clair.

Si vous voulez me faire l'honneur de venir ce soir boire avec moi un pot de bière et fumer une pipe, je vous montrerai mon manuscrit, et je vous raconterai l'histoire que je vous ai commencée.

Stephen tarda quelques secondes à répondre ; non qu'il hésitât à accepter l'invitation, mais il sentait que sa voix devait être tremblante. Quand il fut un peu remis, il remercia M. Müller, et lui promit d'être chez lui à sept heures.

A peine Stephen était seul, à peine il commençait à mettre de l'ordre dans ses idées qui se pressaient confuses dans sa tête (car pour la première fois il allait parler à Magdeleine, pour la première fois il était admis dans la maison de M. Müller), qu'on lui donna la lettre d'Edward; il la lut rapidement et passa à celle de son frère. En la lisant, il pâlit, monta rapidement dans sa chambre, mit de gros souliers, des guêtres, un pantalon de toile, en moins de temps qu'il n'en faut pour le dire, et, un gros bâton à la main, il sortit de la maison et se mit en route.

A ce moment, M. Müller disait à sa fille: Notre voisin vient ce soir, Magdeleine; tu nous feras un peu de musique, n'est-ce pas? il faut le bien traiter; c'est un jeune homme tranquille, modeste et fort instruit, et qui, il n'y a qu'un instant, sans affectation, a laissé tomber, comme s'il ne l'eût pas fait exprès, une étymologie qui a échappé aux hommes les plus savans; car plus j'y pense, plus je vois clairement que *tilia* vient sans contredit de *telum*.

Et comme il disait ceci, il regarda par la fenêtre, et aperçut Stephen qui s'éloignait à pas précipités. Magdeleine, dit-il, est-ce que ce n'est pas lui qui s'en va là-bas? Magdeleine répondit affirmativement. C'est singulier, dit le père; par la route qu'il prend, il n'y a pas d'endroit habité plus près que huit ou dix lieues.

Et tous deux furent véhémentement étonnés.

Et comme l'heure avançait, ils dînèrent silencieusement. M. Müller rompait quelquefois le silence pour faire une hypothèse sur la disparition de Stephen. Quand l'horloge de l'église sonna huit heures, M. Müller alluma sa pipe, et Magdeleine se mit à prendre un ouvrage d'aiguille, et ne dit pas un mot de toute la soirée ; seulement, elle montra de l'impatience chaque fois que tomba ou son peloton de fil ou son dé à coudre, et se coucha plus tôt que de coutume, sous prétexte d'une affreuse migraine. Retirée dans sa chambre, la jeune fille écrivit à Suzanne; mais la lettre faite, elle la brûla.

X.

Comment Stephen rentra en grâce auprès de M. Müller et de sa fille.

> Nous reviendrons avec une épaulette,
> Nous reviendrons peut-être avec la croix ;
> Un coup de sabre ornera notre tête,
> C'est un bandeau plus beau que ceux des rois.
> *Chanson de caserne.*

LE lendemain au soir, comme, à la lueur de la lampe, Magdeleine lisait, et M. Müller fumait sa pipe sans rien dire, le vent commença à siffler aigu et à faire ployer les arbres et trembler les vitres. M. Müller se frotta les mains : Il n'y a pas de mal, il va tomber une bonne pluie, et tout n'en ira que mieux ; la terre est sèche, et d'ailleurs la pluie de printemps est féconde et salutaire comme une bénédiction du ciel. — Oui, dit Magdeleine ; mais je plains ceux qui sont sur les routes, et qui, dans leur confiance prématurée, et sur la foi du premier soleil, cheminent vêtus légèrement.

Peut-être Stephen est dans ce cas, dit M. Müller. Magdeleine y avait bien pensé, quoiqu'elle n'en eût rien dit. Il est bien singulier qu'il ne soit pas rentré cette nuit, continua le père. A ce moment le vent s'apaisa. Voici la pluie, dit M. Müller ; et en effet quelques larges gouttes se firent entendre sur les vitres. On frappa à la porte ; Magdeleine tressaillit et retint son haleine. M. Müller ôta sa pipe de sa bouche, Geneviève ouvrit, et annonça M. Stephen. Magdeleine baissa les yeux sur son livre, et M. Müller prit un maintien grave et sérieux.

Stephen salua et s'excusa. Je n'avais pas une minute à perdre pour dire adieu à mon frère qui partait pour la frontière ; il me fallait faire dix lieues à pied, et pour rien au monde je n'aurais manqué de l'embrasser.....

peut-être pour la dernière fois. Je l'ai quitté il y a six heures; je l'ai vu boire le vin d'adieu, chanter gaîment et monter à cheval, et de loin me saluer de la main en faisant caracoler son cheval. J'ai long-temps aperçu la pointe de son plumet; puis quand un détour de la route me l'a eu fait perdre de vue, je suis tristement reparti. Oh! Mademoiselle, qui sait si je le reverrai; et il est le seul qui m'aime au monde!

Les yeux de Stephen brillaient d'une larme prête à couler. Magdeleine leva sur lui un regard de compassion. Tous deux rougirent et baissèrent les yeux.

Cependant, sur un signe de M. Müller, Geneviève avait préparé le thé; M. Müller mit lui-même l'eau devant le feu. Vous prendrez du thé avec nous, M. Stephen; c'est une bonne et salutaire boisson, quoi qu'en aient dit Simon Paulli, médecin du roi de Danemarck, qui prétend que le thé est une variété de myrte, et Bauhinus, qui soutient que c'est un fenouil; en quoi ils sont complétement réfutés par Nicolas Péchlin, dans son livre fort rare : *De potu theæ dialogus.*

Geneviève, donnez du beurre et de la crème

pour M. Stephen ; car pour moi je n'en prends
jamais avec le thé, sur l'autorité du même
Péchlin qui en blâme l'usage. Le nombre des
auteurs qui ont écrit sur le thé est considérable.

M. Müller se leva et conduisit Stephen à sa
bibliothéque. Là, parmi une foule de livres
vieux et vermoulus, il lui montra du doigt un
poëme latin sur le thé, par Pierre Petit ; une
élégie sur le même sujet, par M. Huet, évêque
d'Avranches, en France, et des livres de Louis
Almeyda, Mathieu Riccius, Jean Linscot, le
Père Massée, Nicolas Tilpius, médecin d'Amsterdam, Aloysius, Sylvestre Dufour, marchand
de Lyon, et huit ou dix autres, qui tous, en
prose ou en vers, ont écrit sur l'arbuste chinois.

J'ai dans ma serre, dit M. Müller quand il
fut revenu à sa place, un pied de thé ou de
tcha, comme disent les Chinois, que m'a envoyé mon ami d'Amsterdam ; mais jusqu'ici,
malgré mes soins et mes peines, c'est une
petite baguette haute d'un pouce, sur laquelle
je n'ai jamais vu qu'une feuille et une chenille
qui a mangé la feuille. Sucrez-vous ; vous re-
marquerez que je ne me sers pas du thé vert,
qui n'emprunte sa couleur qu'à l'habitude où

l'on est de le faire sécher sur des planches de cuivre ; je fais usage du thé noir, appelé par les Chinois *vouï tcha.*

Pendant ce temps, Stephen faisait tout ce qu'il pouvait pour paraître attentif ; mais il était profondément préoccupé du départ de son frère, et les regards que Magdeleine levait à la dérobée sur son visage pâle et mélancolique pénétraient jusqu'à son cœur. Pour la première fois il sentit tout l'intérêt qui l'attachait à la jeune fille, et s'il eût été seul avec elle, il lui eût dit : Regardez-moi, vos regards soulagent toutes les peines ; parlez-moi, car votre voix endort la douleur ; aimez-moi, car je suis seul, et mon cœur est gonflé d'amour pour la femme qui m'aimera.

Sur l'invitation de son père, Magdeleine chanta ; sa voix, un peu tremblante d'abord, était pure et harmonieuse, et puissante d'expression.

Et vous, M. Stephen, dit le père, ne chanterez-vous pas aussi quelque chose ? — Ma voix est sauvage et inculte, dit Stephen, je ne sais pas chanter. M. Müller insista.

Stephen se leva ; il y avait dans toute sa personne une noblesse, un abandon que Magde-

leine ne lui avait pas encore vus ; la musique
et la voix suave de la jeune fille l'avaient trans-
porté, et il chanta assez mal, mais d'une voix
bien timbrée et avec une expression entraî-
nante, ces vers de Goethe :

> Ma richesse c'est la feuillée,
> Un ciel d'azur, de verts tapis :
> C'est du soir la brise embaumée
> Dans les beaux amandiers fleuris :
> Ma richesse, c'est la feuillée,
> Un ciel d'azur, de verts tapis.
>
> Mais, plus qu'un lit de fraîche mousse,
> Plus que l'air, les fleurs et les cieux,
> Ma richesse c'est ta voix douce,
> C'est un regard de tes yeux bleus,
> Bien plus qu'un lit de fraîche mousse,
> Plus que l'air, les fleurs et les cieux.
>
> Ma richesse c'est ton haleine
> Enivrante à faire mourir ;
> C'est ta chevelure d'ébène
> Sur ton front qu'un mot fait rougir :
> Ma richesse, c'est ton haleine
> Enivrante à faire mourir.
>
> La fauvette, sur l'aubépine,
> Au vent laisse emporter ses chants ;
> De même, ta voix argentine
> A tous prodigue ses accens :
> La fauvette sur l'aubépine,
> Au vent laisse emporter ses chants.

Ainsi que des fleurs dans la plaine,
Du soleil sur les monts rougis,
Tous s'enivrent de ton haleine,
De ton regard, de ton souris :
Ainsi que des fleurs dans la plaine
Du soleil sur les monts rougis.

Amour, bonheur, toute ma vie,
Prends tout.... mais, en retour, je veux
Pour moi seul ta voix si jolie,
Ta douce haleine et tes yeux bleus :
Amour, bonheur, toute ma vie,
Tout est à toi, si tu le veux.

La voix de Stephen était tremblante d'émotion. Magdeleine n'était pas plus tranquille; ils n'osaient se regarder, et ni l'un ni l'autre n'eussent pu trouver de voix pour parler. M. Müller dit : Que ma fille ne vous empêche pas de fumer une pipe avec moi, M. Stephen; elle est habituée à l'odeur du tabac, qui d'ailleurs est fort saine, malgré l'autorité de Jacques Stuart, roi d'Angleterre, qui a fait un traité contre l'usage du tabac; et d'Amurat IV, qui le défendit, sous peine d'avoir le nez coupé; et d'Urbain VIII, qui, par une bulle que l'on a conservée, excommunie ceux qui en prennent dans les églises.

Stephen s'excusa, allégua une grande fatigue, et se leva. M. Müller lui tendit la main.

Venez nous voir le soir, quand vous pourrez ;
nous chanterons et nous causerons. Stephen,
en sortant, leva les yeux sur Magdeleine ;
leurs regards se rencontrèrent, et plongèrent
dans le cœur l'un de l'autre ; et la porte se
ferma, les laissant tous deux agités et émus
de sensations nouvelles pour eux, et à la fois
douces et douloureuses.

XI.

Où l'auteur prend momentanément la parole.

De ses cheveux le brillant émail noir
Retombait sur son col ; sous sa longue paupière
Son œil réfléchissait le bel azur des cieux.

Il ne serait pas mal de tracer ici le portrait
de Magdeleine ; mais deux choses nous arrê-
tent.

Nous avons lu beaucoup de livres, et con-

séquemment beaucoup de portraits de femmes, et nous sommes restés persuadés qu'à
moins d'être douanier, et d'avoir une longue
habitude du signalement, il est impossible
d'y rien comprendre, à cause que la beauté
n'est pas dans un nez grec ou romain, dans
des cheveux noirs, dans des yeux bleus,
ni encore dans l'harmonie des traits, à moins
qu'il ne vous plaise vous contenter de la beauté
des statues; mais dans quelque chose à quoi
l'on n'a pas encore donné de nom, dans quelque chose de presque divin, dans un reflet de
l'âme qui colore la physionomie : d'où nous
tirons la conséquence que la beauté qui est
relative comme tout ce qui existe, ce que nous
n'avons pas besoin de démontrer, attendu
que tout le monde est d'accord à ce sujet, est
pour nous l'accord de l'âme que nous soupçon-
nons avec notre âme à nous.

Ce que nous ne mettons en avant qu'avec
une grande timidité, à cause que beaucoup de
gens en sont venus à nier l'existence de l'âme,
parce que n'ayant pas l'habitude de s'en servir, ils la laissent en eux se rouiller, rétrécir,
et se dessécher au point de ne plus la sentir;
toutes réserves étant faites par nous d'établir

plus tard ce que nous entendons par l'âme, si nous en trouvons l'occasion.

Nous avons encore à avertir le lecteur que ce que nous venons de dire est purement et simplement notre opinion personnelle, à laquelle personne n'est obligé de se conformer.

La seconde raison qui nous empêche de faire le portrait de Magdeleine, est celle-ci :

Il nous advint un jour de prier un de nos amis de peindre, sous notre dictée, un portrait de femme ; et prenant un livre, dont nous ne nous soucions pas de nommer l'auteur, nous lûmes :

« Elle avait un front d'ivoire, des yeux de saphir, des sourcils et des cheveux d'ébène, une bouche de corail, des dents de perles, un col de cygne. »

Quand mon ami eut fait de tout ceci un portrait bien littéral, il se trouva que l'image était une assez plaisante caricature, un monceau de pierres fines, de bois des îles, avec un long col blanc, tortueux et emplumé sur le tout ; ce qui peut donner des désirs à un voleur, mais nullement à un amoureux.

Et outre ces deux raisons, il y en a une troi-

sième qui n'est que le corollaire ou le résumé
des deux autres : c'est que rien ne ressemble
moins à un homme ou à une femme que
son portrait.

C'est pourquoi nous engageons le lecteur
à se contenter de l'épigraphe tirée d'une bal-
lade allemande, qui commence ce chapitre.

XII.

La nuit, Magdeleine fut en proie à une émotion qu'elle n'avait jamais éprouvée; surprise et effrayée de se sentir le cœur serré, et plein d'un bonheur mélancolique, elle pria, demanda le secours du ciel; et laissant s'exhaler dans la ferveur de sa prière tout cet amour qui l'épouvantait, elle arrosa son chevet de larmes brûlantes.

Stephen, de son côté, passa une partie de la nuit à sa fenêtre. Comme une étincelle électrique, l'amour avait donné à son âme un essor inconnu ; elle était à l'étroit dans son corps, et s'élançait libre comme un papillon qui, aux premiers rayons du soleil sur les pointes vertes des épis qui percent la terre, sort de sa chrysalide, secoue ses ailes encore plissées et humides, s'épanouit comme une fleur, et s'abandonne au vent.

Oh ! dit-il, c'est elle, c'est elle qui complète ma vie : je ne m'abusais pas ; j'avais pressenti une autre vie, une vie d'amour et de bonheur. Elle me la donnera ; une femme est une fée bienfaisante, un ange, une puissance entre Dieu et la créature, pour élever l'âme de l'homme aux joies du ciel, qu'il ne pourrait atteindre seul ; son amour est le soleil de l'âme ; il donne la vie et la force : il est semblable à la brise qui apporte au navigateur le parfum des fleurs de sa patrie. Dieu a voulu faire partager à l'homme le bonheur qu'il s'est réservé, et c'est la femme qui le dispense comme une manne céleste.

Et Stephen respirait à grands traits ; il y avait de l'amour dans l'air qui l'entourait ; il se sentait vivre avec délices : l'impression qu'il ressentait était celle, et plus suave encore, qu'on

ressent au haut d'une montagne quand on hume
à grands flots un air pur et dégagé, quand près
du ciel on sent son esprit grandir et son âme
s'emplir de pensées fortes et généreuses.

Oh! comme il attendait avec impatience
l'instant de revoir Magdeleine! Il lui semblait
que leurs deux âmes s'étaient parlé et s'étaient
reconnues, comme deux enfans de la même
patrie, qui se retrouveraient sur une terre
lointaine, et savoureraient avidement les sons
harmonieux de la langue du pays.

Mais le lendemain, les arbres penchaient
tristement leur jeune feuillage, lourd de pluie,
et Magdeleine ne descendit pas au jardin : la
journée fut longue. Le lendemain, Stephen,
à son réveil, vit un reflet rose traverser les
rideaux de sa fenêtre; il se leva avec empres-
sement; il lui semblait qu'il était attendu,
mais il resta long-temps au jardin, les yeux
fixés sur la fenêtre de Magdeleine; personne
ne parut. La journée était plus d'à moitié
écoulée; Stephen ne put résister plus long-
temps, il alla frapper chez M. Müller; il ne
pouvait respirer; il eût donné tout au monde
pour retarder d'une minute le moment où l'on
allait ouvrir la porte; il sentait qu'il n'avait

plus de voix. Geneviève ouvrit, ce fut pour lui un répit dont il rendit grâce au ciel.

M. Müller. — Attendez, dit Geneviève : elle le laissa dans la salle à manger. Quand Stephen fut seul, il promena ses regards autour de lui ; il reconnut la place où Magdeleine était assise l'autre soir, et son œil s'arrêta sur la porte de la chambre de la jeune fille ; mais la porte était à moitié ouverte, elle n'était pas dedans. Il s'avança, et le cœur battant si fort, qu'on l'eût entendu ; il mit le pied dans la chambre ; le lit était défait, un peignoir était sur une chaise, et une baignoire devant le lit.

Magdeleine avait pris un bain avant de sortir. La tête de Stephen s'embrasa. Elle ! dit-il, elle s'est baignée dans cette eau ! Oh ! que ne puis-je, comme l'eau, l'enfermer en moi ; comme l'eau, l'embrasser à la fois tout entière !

Et une empreinte humide avait laissé sur le peignoir la forme du corps de Magdeleine, et ses petits pieds étaient dessinés sur le parquet, où elle les avait posés en sortant du bain. Stephen prit le peignoir et le serra convulsivement sur ses lèvres, et il se jeta à genoux, et colla sa bouche sur le parquet.

Il entendit du bruit, il rentra dans la salle

à manger, et ouvrit une fenêtre pour respirer.
Peu d'instans après, M. Müller entra; il était
seul. Ils se serrèrent la main. Je me suis fait
un peu attendre, dit-il, mais je suis occupé
depuis ce matin à chercher l'étymologie du
mot *ranunculus*, par lequel on traduit renoncule.

Et Magdeleine ne venait pas. J'ai d'abord
trouvé, dit M. Müller, que la terminaison
unculus vient de *uncus*, crochu, recourbé,
ou de *unculus*, grappin, à cause que la racine
de cette fleur est une griffe; mais je me donne
au diable pour le reste.

Il faut que vous m'aidiez dans mes recherches (Stephen sentit, avec un mouvement de
joie, qu'il était établi dans la maison pour
quelques heures), et vous m'obligerez de dîner
avec moi. Stephen s'empressa d'accepter. A ce
moment il entendit les pas d'une femme; son
cœur battit, et ses yeux se collèrent sur la
porte : c'était Geneviève. M. Müller la conduisit dans son cabinet.

Là étaient rangés en ordre tous les plus
vieux et les plus gros livres, les encyclopé-
dies, les dictionnaires; plusieurs étaient ouverts sur la table et par terre, de sorte qu'il

était assez difficile de ne pas marcher dessus.

Quand ils furent assis, M. Müller, tout en feuilletant, continua de parler : J'ai trouvé, il y a long-temps, l'étymologie d'anémone, *anemone*, dont la renoncule est une variété. L'anémone a été apportée des Indes, il n'y a pas plus de cent trente ans, par M. Bachelier, fameux fleuriste français : les Persans l'appellent *laleh gouhi*, c'est-à-dire *tulipe de montagne*, ce qui montre l'ignorance des Persans ; les Arabes la nomment *shacaïk*, *fleur découpée*, ce qui n'est pas beaucoup plus fort.

Anémone vient du grec ανεμος, *vent* ; anémone veut dire herbe du vent, parce qu'elle ne s'épanouit qu'au souffle du vent, à ce que dit Pline, ce que je n'ai pas observé moi-même. Hesgenius soutient, au contraire, que l'anémone doit son nom à la facilité de ses semences à s'envoler. Ce qui viendrait à l'appui de cette dernière hypothèse, c'est que plusieurs devises ont été faites dans ce sens : par exemple, une anémone avec ces mots : *la gloire s'effeuille au vent*.

A ce moment, M. Müller, en fermant un livre, fit un bruit qui fit jeter à Stephen les yeux sur la porte.

« Ne craignez rien, dit M. Müller, personne n'entre jamais dans mon cabinet. »

Stephen perdit tout-à-fait l'espoir de voir paraître Magdeleine, et il se résigna à attendre l'heure du dîner.

Et M. Müller feuilletait toujours. Son compagnon hasarda quelques mots, son opinion fut réfutée.

« Vous voyez comme je passe ma vie, dit M. Müller, dans mon cabinet et dans mon jardin. Je cultive mes plantes, et je fais des recherches scientifiques, et je ne m'occupe ni de plaisirs bruyans, ni de politique ; aussi je n'ai ni ennemis, ni envieux. »

Deux heures, deux heures mortelles pour le pauvre amoureux, se passèrent ainsi, sans que M. Müller vînt à bout de trouver l'étymologie de *ranunculus*. Deux fois Geneviève vint annoncer à travers la porte du sanctuaire que le dîner était servi. Deux fois Stephen se leva ; deux fois M. Müller répondit *tout à l'heure*, et ne bougea pas. Cependant, à la troisième invitation, que Geneviève trouva moyen de rendre pressante, en annonçant que la soupe serait froide, M. Müller ouvrit la porte, et on passa dans la salle à manger, après s'être, au grand déplaisir de Stephen, arrêtés au salon pour voir les portraits de Linné, de Tourne-fort et de Hoffpenger.

Enfin on se mit à table; il n'y avait que deux couverts. Le pauvre jeune homme sentit au cœur un froid douloureux, et n'osa faire aucune remarque, dans la crainte de trahir son émotion. Seulement, après la soupe, pendant que Geneviève changeait les assiettes, M. Müller lui dit : Sans vous, j'aurais tristement dîné seul; Magdeleine est partie ce matin voir une de ses amies, et ne reviendra que tard. La tête de Stephen tomba sur sa poitrine.

Après le dîner, les deux commensaux descendirent au jardin. Peu après, Geneviève cria par la fenêtre que Mademoiselle était revenue. M. Müller salua Stephen sans l'engager à le suivre, et le laissa triste et seul dans le jardin.

XIII.

Wergiss-mein-nicht.

> Une, deux et trois ;
> Je vous le donne en dix.

Il advint cependant un matin que Stephen trouva Magdeleine au jardin. Elle fit semblant de ne pas l'avoir aperçu pour prendre le temps de se remettre.

Depuis plusieurs jours Stephen ne pouvait rester dans sa chambre ; il faisait au loin de

longues promenades, et rentrait fort tard. Un
jour il revint avec la fièvre. Geneviève le dit
à M. Müller, qui monta le voir. Ils causèrent
quelque temps ; et quand M. Müller se leva
pour sortir, Stephen prit à son chevet un bouquet de wergiss-mein-nicht. Donnez, je vous
prie, ce bouquet à mademoiselle Magdeleine ;
je l'ai cueilli pour elle. Et M. Müller fit sa
commission.

Stephen fut deux jours sans pouvoir sortir
de sa chambre ; il voulut se lever pour descendre au jardin ; ses jambes ne purent le soutenir, et il tomba sur le carreau.

Pendant sa reclusion il fit des projets et
prit une résolution. Cette résolution était de
déclarer son amour à Magdeleine la première
fois qu'il en trouverait une occasion favorable.

C'est dans cette disposition d'esprit qu'il
arriva au jardin, où il trouva Magdeleine,
comme nous l'avons dit.

Il s'avança vers elle, bien affermi dans sa
résolution, et la salua. Magdeleine lui rendit
son salut d'un signe de tête ; puis tous deux
baissèrent les yeux, et il se passa quelque
temps sans que ni l'un ni l'autre voulût commencer. Cependant Stephen leva les yeux,

contempla Magdeleine, dont la beauté était relevée par une parure simple et négligée, une longue robe blanche, et les cheveux en bandeau sur le front.

Il sentit qu'après un aussi long silence il ne pouvait commencer la conversation par : Comment vous portez-vous ? Il fit un effort comme un homme qui ferme les yeux pour sauter un fossé dont la profondeur l'épouvante, et ouvrit la bouche pour dire : *Magdeleine....* mais son émotion était telle que la voix ne put sortir de sa poitrine oppressée. Magdeleine alors prit la parole, et lui dit : « Vous êtes encore pâle, M. Stephen. Il s'inclina. Vous avez donc été bien malade ? continua-t-elle. — J'ai un peu souffert, dit-il, mais il ne faut, pour me guérir complétement, que ce beau soleil, et.... » il voulait dire : « et votre aspect et vos regards plus doux que le soleil, et votre voix qui pénètre le cœur ; » mais il s'arrêta.

Il y eut encore un moment de silence. Magdeleine, qui avait plus d'usage du monde, prit un sujet de conversation. « Je vous remercie du bouquet que vous m'avez envoyé. — Je l'ai cueilli pour vous, dit Stephen, dans un

moment bien heureux pour moi. — Ces wergiss-mein-nicht, continua-t-elle, sont mes
fleurs favorites ; je suis seulement fâchée que
nos poètes allemands n'en parlent que pour
faire de froids jeux de mots ; Goëthe seul en a
fait une petite description :

> Wergiss-mein-nicht, petite fleur d'azur,
> Amante des eaux solitaires,
> Que j'aime voir et tes feuilles légères
> Et tes pétales d'un bleu pur,
> Suivre le mouvement de la vague roulante
> Qui vient, en s'allongeant, faire ployer les joncs
> Dont la ceinture verdoyante
> Entoure l'onde des vallons ! »

Et la conversation prit une telle tournure que
l'on parla des poètes et de leurs ouvrages, et
que Stephen se donna à lui-même pour excuse
d'avoir manqué à sa résolution, qu'il valait
mieux écrire à Magdeleine pour ne pas trop
l'embarrasser et la faire rougir, et se fit croire
que l'occasion et le temps lui avaient manqué.

XIV.

Suzanne à Magdeleine.

Il y a quatre jours, je croyais t'embrasser, ma chère Magdeleine : nous étions, ma mère, mon père et moi, allés faire une visite de deux jours chez des amis de mon père qui demeurent à trois lieues de votre petite ville. Mais un accident nous a empêchés de t'aller voir.

Nous devions nous mettre en route à deux heures ; pour occuper la matinée, on proposa une promenade sur le bord de la rivière ; tu sais que je n'aime pas la campagne, ni le vent, ni la fatigue, ni le soleil, ni la terre rabo-teuse. Néanmoins, je fis comme tout le monde. Le temps était fort beau ; on parlait de choses et d'autres, et l'on fit l'éloge de la solitude que je déteste, et que ceux qui la vantaient n'aiment pas beaucoup plus que moi.

Connais-tu rien, chère amie, de plus fati-gant que cette manie, funeste au plaisir des autres, qu'ont certaines gens de tourner à l'idylle, de prôner un bonheur qui les ferait mourir de chagrin, et de raconter à tout pro-pos les vertus de *ces bons paysans* auxquels ils ne rendent pas leur salut, dans la crainte de se compromettre, et encore de dire, d'après les poètes élégiaques : « Oh ! que je voudrais vivre aux champs, libre de soucis et d'am-bition ! » quand rien ne les empêche d'y vivre, que leur volonté ?

Je supportais pourtant cet ennui avec la ré-signation du désespoir ; et d'ailleurs j'étais préoccupée de la visite que nous devions te faire. Tout à coup, un bruit nous fit retourner ; plusieurs personnes, de l'autre côté de la ri-vière, criaient et appelaient au secours ; leurs signes et leurs gestes nous firent regarder dans l'eau.

Horreur! un homme luttait contre la mort; de temps à autre il paraissait sur l'eau, et sa voix étouffée faisait de vains efforts pour appeler, et ne produisait qu'un affreux hurlement; ses yeux blancs s'élançaient de sa tête; sa figure était violette, et ses bras sortaient de l'eau pour saisir quelque chose pour se raccrocher à un appui! Rien! il ne trouvait rien! et malgré ses efforts désespérés, il disparaissait. Deux fois nous le vîmes revenir ainsi; à la troisième fois, il ne fit qu'apparaître une seconde, et il ne revint plus. A ce moment, un homme qui se trouvait en face de nous, de l'autre côté de l'eau, arracha ses vêtemens, se précipita dans la rivière, et nagea vers l'endroit où le noyé avait disparu. Nous le suivions des yeux avec un horrible serrement de cœur; il enfonça la tête dans l'eau, puis le corps; ses jambes même disparurent, et il y eut quelques momens d'une affreuse incertitude: personne des assistans ne respirait; mais un peu plus loin l'eau s'agita, et nous vîmes reparaître les deux hommes; nous respirâmes. Mais alors se passa une chose affreuse;

I. 5

une lutte terrible s'engagea entre eux. Le
premier qui avait disparu, furieux, fou, voulait sortir de l'eau tout entier; son sauveur
voulait le maintenir et le porter au bord;
mais le fou le prit à la gorge, l'entoura de
ses jambes, et tous deux se débattirent avec
d'épouvantables convulsions. Le jeune homme
était entraîné par celui qu'il avait voulu sauver; malgré ses efforts, il enfonçait dans l'eau,
et on le voyait roidir son col et lever la tête
pour respirer plus long-temps; il appela, il
jeta un nom..... un nom semblable au tien....
et l'eau les engloutit tous les deux! Un cri
d'horreur se fit entendre sur les deux bords:
ma tête était perdue; je me jetai à genoux
devant mon père, devant son ami : « Allez!
allez! disais-je en pleurant et en criant, sau-
vez-le! le laisserez-vous mourir! » — Mon
père ne sait pas nager; son ami était glacé
d'effroi, et complétement inerte et sans force.
« O Dieu du ciel! criai-je, ne voyez-vous
pas ce qui se passe? ».

O Magdeleine! c'était un cruel spectacle!
L'eau avait repris tranquillement son cours;
mon père disait : « Le malheureux doit horriblement souffrir; je connais un homme qui a

failli se noyer, et qui cherchait à se briser la tête au fond de l'eau pour finir des tortures qu'il dit atroces. » Nous restâmes plusieurs minutes muets et dans une stupide torpeur, les yeux fixés sur l'eau. Six ou huit minutes s'étaient écoulées, mon père me prit par le bras, et me dit : « C'est fini ! allons. »

— « *C'est fini !* » ce mot tuait mon reste d'espoir. « C'est fini ! » je ne pouvais croire que Dieu laissât mourir et souffrir ce pauvre homme.

« Oh ! dis-je, il n'y a donc pas de Dieu ? »

Mon père me dit : « C'est fini ! il est mort ! il ne souffre plus !

— « Il ne souffre plus ! » Je me représentais ces deux hommes, enlacés comme deux serpens, morts au fond de l'eau.

Tout cela avait passé dix minutes, ce sont dix longues années ; on m'entraîna. Tout à coup, un cri fut jeté par les gens qui étaient sur l'autre rive ; je revins en courant au bord de la rivière ; l'espoir me ranima. En effet, l'eau s'agita en tourbillonnant. Un homme reparut blanc comme un mort. Lequel est-ce ?

C'était une terrible anxiété. S'est-il débarrassé du noyé qui l'enlaçait ?

Il respira deux longs traits, releva ses cheveux avec sa main, regarda le ciel, et plongea encore. C'était lui! il ne voulait pas abandonner celui qu'il avait voulu sauver: une minute affreuse se passa, mais il revint; il traînait avec lui un homme roide et immobile, et nagea péniblement vers le bord opposé au nôtre. O Magdeleine! quand ils furent sur la terre, j'avais partagé sa fatigue, seulement alors je respirai; l'homme et la femme qui étaient sur le bord se mirent à réchauffer le noyé; son sauveur se jeta à genoux, et parut remercier Dieu; puis il tomba de fatigue sur l'herbe.

L'autre était revenu à lui.

Avec l'homme et la femme, il vint secourir son sauveur; ils étanchèrent le sang qui coulait de la blessure que lui avaient faite au cou les ongles du noyé.

La petite rivière nous séparait; j'aurais voulu voir et embrasser ce bon jeune homme. Il se leva, s'approcha du bord en s'appuyant sur quelqu'un, et cueillit une touffe de wergiss-mein-nicht qu'il mit dans son sein.

C'est un souvenir qu'il veut garder.

Je fis signe de la main, en criant: «Bien!

bien ! bon jeune homme ! » et, succombant à l'émotion, je m'évanouis. Il fallut m'emporter.

Magdeleine, j'ai bien juré de ne retourner jamais à la campagne et au bord d'une rivière. Il y a de quoi me tuer.

Adieu, ce souvenir m'a encore bouleversée ; je ne puis te parler d'autre chose ; je t'écrirai dans quelques jours.

XV.

Sous les Tilleuls.

Il faisait presque nuit, et, couronné d'opale,
L'horizon conservait encore un reflet pâle,
Un jour voluptueux ;

Et la brise du soir, légère et parfumée,
Faisait tout doucement murmurer la feuillée :
Nous n'étions que nous deux.

A la fin de la journée, le soleil était descendu à l'horizon, et plus de la moitié de son
disque avait disparu.

Au-dessus, sur un fond d'un bleu-clair et transparent, se dessinaient de gros nuages noirs avec une frange d'un rouge de sang, et des nuées plus légères glissaient lentement, semblables à une fumée empourprée.

Sous l'allée des tilleuls, Stephen, à demi-couché sur l'herbe, attendait Magdeleine; et à mesure que le soleil baissait, ses regards se tournaient plus inquiets du côté de la maison.

C'était, à cette heure-là, un lieu enchanté que cette allée; les tilleuls entrelaçaient leur feuillage ombreux et touffu; au-dessous, sortaient de l'herbe épaisse qui tapissait la terre, des liserons et de noueux chèvrefeuilles qui montaient en tournant autour des troncs, et retombaient en guirlandes. Il ne pénétrait qu'un jour faible et doré; tout était dans un calme et un silence profonds, interrompus seulement, de temps à autre, par quelques cris des oiseaux qui se disputaient leurs nids, ou par un léger souffle de vent qui faisait doucement frémir les feuilles des tilleuls, et secouait sur le gazon l'odeur suave des chèvrefeuilles et d'une aubépine au parfum amer.

Stephen roulait dans ses doigts un papier; c'était une lettre, une déclaration d'amour. Il l'avait écrite la nuit avec la fièvre; il la relut, et la trouva absurde. Il eût bien voulu pouvoir la refaire, et commençait à désirer que Magdeleine ne vînt pas.

Mais la porte du jardin s'ouvrit, et Magdeleine s'avança, marchant rapidement, le regard brillant, le visage animé, et tenant encore à la main la lettre qu'elle venait de recevoir de Suzanne.

Stephen cacha son papier, et sentit son sang l'abandonner et son cœur défaillir.

« Monsieur Stephen, dit Magdeleine, vous m'avez, il y a quelques jours, envoyé un bouquet de wergiss-mein-nicht; où l'avez-vous cueilli ? »

Stephen étonné répondit : «Au bord d'une petite rivière, à deux ou trois lieues d'ici.

« Monsieur Stephen, lisez, lisez ceci. » Et elle lui tendit la lettre de Suzanne. Stephen la prit en attachant sur elle un regard de surprise; il lut. Après quelques lignes il la lui rendit en souriant.

«Monsieur, monsieur, dit Magdeleine, c'était vous, c'était vous ! c'est beau, monsieur, c'est bien beau !» Et elle lui tendit la main. Stephen la prit; mais il y eut dans cette pression de main quelque chose de soudain et d'électrique qui les fit tous deux tressaillir. On eût dit que, par deux veines ouvertes et réunies, leur sang, leur âme, leur vie, se mêlaient et se confondaient. Leurs regards aussi restèrent attachés l'un sur l'autre. Le sein de la jeune fille était gonflé et palpitant; effrayée de son émotion, elle pencha la tête sur sa poitrine, et laissa couler des larmes abondantes.

Stephen mit la main de Magdeleine sur son cœur, et tous deux restèrent long-temps sans se parler; enfin, Stephen, avec effort, fit sortir de sa poitrine : «Magdeleine !» Dans sa voix, dans son regard, il y avait tout; de l'amour, du bonheur, de l'émotion, l'aveu de sa tendresse, et le récit de ce qu'il avait souffert. Elle articula à peine : « Stephen ! » et leurs regards se rencontrèrent encore, et leurs mains se serrèrent convulsivement, cherchant à s'unir plus intimement, et à se toucher par tous les points.

Là il n'y a pas de description possible; il n'y a pas de phrases, pas de mots : celui qui, dans ses souvenirs, n'en a pas un qui réponde à cette image, celui qui n'est pas ému en songeant au moment le plus beau, sans contredit,

de la vie d'un homme, qu'il ferme le livre, je
l'en prie; je ne veux pas l'initier plus long-
temps à mes naïves impressions, il rirait de
moi.

« Magdeleine! » dit Stephen, après un long
silence, vous m'aimez donc! » Elle ne répondit
que par un regard.

— « Oh! vous m'aimez! dit Stephen d'une
voix profonde et émue; dites-le moi; dites-
moi que ce n'est pas un songe : je n'ose croire
à tant de bonheur; le réveil serait affreux.

« Vous, Magdeleine, vous à moi! Oh,
merci! merci! à vous je dois tout le bonheur de
ma vie : n'est-ce pas, je ne rêve pas? » Oh! non,
c'est bien elle; c'est trop, c'est trop de bonheur;
trop pour un homme ; il m'écrase, il me tue!
Elle, elle est à moi, à moi son amour! O
mon Dieu! mon Dieu! Et il serrait sa poitrine
de ses mains comme pour empêcher son cœur
de la déchirer.

Et tous deux ils étaient seuls sous le ciel et
sous la verdure, entourés d'un air pur et du
parfum des fleurs, et leur âme avait des ailes
comme les anges, et s'élevait au ciel. Oh!
s'il est vrai que Dieu soit un bon père, pourquoi ne les écrasait-il pas de sa foudre? pour-

quoi ne les appelait-il pas dans son sein? pourquoi ne finissait-il pas là leur vie?

La voix criarde de Geneviève rompit le silence; elle appelait Magdeleine. Magdeleine
tressaillit, et s'aperçut qu'il faisait presque
nuit; elle s'enfuit en disant : A demain, ici, à
la même heure.

Et Stephen immobile la suivit des yeux jusqu'au moment où le dernier pli de sa robe
blanche eut disparu par la porte; et, après
qu'on ne pouvait plus la voir, il regardait encore, et n'osait faire un mouvement, dans la
crainte de rompre le charme.

Il resta long-temps ainsi ; puis il sortit
dans la campagne. Il lui semblait que sa tête
était dans les nuages; il y avait tant de bonheur dans son cœur qu'il ne pouvait le contenir, et qu'il eût voulu en répandre sur tout
ce qu'il voyait. Il eût désiré presser la main
de tous ceux qu'il rencontrait ; il donnait aux
enfans ce qu'il avait d'argent, et les embrassait, et se dérangeait pour ne pas froisser du
coude les hommes qui passaient près de lui,
dans la crainte de les briser; et il leur laissait
le plus beau chemin.

Puis il courait et sautait comme un jeune

chevreau; et il rentra au jardin. Là il restait
quelque chose de Magdeleine dans l'air qui
avait entouré son corps; le parfum des chèvrefeuilles était son haleine. Presque toute la
nuit se passa ainsi.

Long-temps il vit briller une lumière à
travers les rideaux de Magdeleine : elle, non
plus, elle ne dormait pas.

O mon Dieu, demain n'arrivera jamais!

Et, pour faire marcher le temps, il monta
se coucher. Il s'endormit bientôt ; mais, de
temps à autre il se réveillait en sursaut,
se reprochant de perdre dans le sommeil
des instans de bonheur, des parcelles d'une
vie si heureuse ; mais il finit par succomber
à la fatigue, et ne se réveilla qu'assez avant
dans la journée.

Le lendemain il écrivit plusieurs lettres pour
Magdeleine.

XVI.

Stephen à Magdeleine.

Vous m'aimez ! ô Magdeleine ! comme le jour était beau à mon réveil ! tout autour de moi se colore d'un reflet de votre amour. Je commence une nouvelle vie.

Je me rattache à mes souvenirs d'hier ; je crains tant d'avoir rêvé ! je me rappelle votre voix qui pénètre le cœur ; et votre regard, oh ! comme je le dévorais !

Que cette journée qui commence va être

longue ! que je voudrais ôter de ma vie tout
le temps qui s'écoule loin de vous !

De combien de bonheur je voudrais vous
entourer ! que je regrette aujourd'hui ces dons
naturels auxquels je n'avais jamais songé ! que
je voudrais être beau pour que vos regards
pussent s'arrêter sur moi comme les miens se
fixent sur vous ! vous êtes si belle, vos yeux
ont tant de douceur !

Votre esprit est si léger, si gracieux ! moi je
n'ai qu'un extérieur et un esprit sauvages et
bizarres ; vous me donnez mille fois plus que
vous ne recevez. Je vous rends grâce, je n'ai
à vous offrir en échange de tant de bonheur
que l'amour le plus ardent, une âme, une vie,
à vous, tout à vous.

Oh ! dites-moi que vous êtes heureuse de
mon amour ; qu'il vous suffit ! dites-moi que
vous m'aimez ! il me faudra long-temps pour
m'accoutumer à cette idée ; ma vie est tellement changée par ce seul mot !

C'est comme, après l'hiver et la neige, le
printemps et son doux soleil et la verdure.

XVII.

L'Aubépine.

Mois de mai , mois des fleurs , viens rendre à l'aubépine
Ses bouquets odorans !
O riant mois de mai , viens rendre à l'aubépine
La couronne argentine
De ses rameaux blancs !

MAGDELEINE hésita un moment à prendre la lettre.

Mais Stephen la regarda d'un air si suppliant, qu'elle la prit en baissant les yeux, et la cacha dans son sein.

— « Si près de la mort, dit-elle, au milieu

d'affreuses souffrances, c'est moi que vous ap-
peliez! mon nom a été votre dernière parole!

— « Oui, reprit Stephen; et quand je fus sauvé, quand je touchai la terre, il me sembla que
ce nom prononcé par moi avait été une prière
agréable à Dieu; que ce Dieu, qui doit vous
aimer comme la plus belle de ses filles, la
plus parfaite de ses créatures, n'avait pu permettre au mal de frapper celui dont l'âme
vous embrassait, comme le criminel poursuivi
embrasse la colonne du temple qui lui sert
d'asile; que votre nom avait eu la puissance
d'écarter de moi la mort, comme le nom de
Dieu fait rentrer Satan dans l'enfer: alors j'ai
compris que vous étiez mon ange gardien.
Et que ce n'est pas une illusion, cette idée
que je gardais dans mon cœur, que l'homme
a reçu de Dieu une fée protectrice, un ange
qui tient dans ses mains la part de bonheur
qui lui est réservée, et que ceux-là sont malheureux qui ne peuvent rencontrer leur ange!

— « Mon sang se glace, dit Magdeleine, quand
je songe qu'une minute de plus, et vous n'étiez
plus qu'un froid cadavre! Et moi, où étais-je?
que faisais-je? quand vous souffriez, quand
vous mouriez loin de moi! Et en disant ces

mots, elle pâlit, et mit ses mains devant ses yeux. « Avez-vous donc bien souffert ? continua-t-elle.

— « Plus que l'homme ne peut supporter ; mais j'avais une force surnaturelle : l'amour agrandit l'homme, et le rend capable de tout ce qu'il y a de beau et de sublime ; cependant il y a eu un moment où ma souffrance a diminué ; sans doute j'allais m'évanouir, et tout était fini ; mais il y avait dans cette cessation de la douleur une jouissance, un charme indéfinissables ; il me semblait que la vie du ciel s'ouvrait pour moi, et que mon âme se dégageait de mon corps comme le jeune oiseau de l'œuf de sa mère. Avant de quitter la rive, je voulus vous rapporter ces wergiss-mein-nicht ; c'était une offrande de fleurs à l'ange qui m'avait sauvé. »

Et ils restèrent long-temps sans parler ; de temps en temps ils relevaient l'un sur l'autre de longs regards, plus éloquens qu'il n'est possible de l'exprimer.

Magdeleine ôta une rose de sa ceinture : « Tenez, dit-elle, je veux vous donner aussi un bouquet ; c'est mon père qui m'a donné

1.   6

cette rose ce matin, car c'est aujourd'hui
mon jour de naissance. »

Cette fleur était à moitié fanée ; c'était la
chaleur du sein de Magdeleine qui l'avait flé-
trie. Stephen la pressa sur ses lèvres, et la
serra précieusement.

« C'est votre jour de naissance, dit-il,
et je ne vous ai pas donné une fleur ! Il
cueillit une branche d'aubépine, et la lui
offrit. »

Et comme ils restaient encore sans parler,
heureux et satisfaits de vivre, d'aimer et d'être
aimés, et d'être ensemble, Stephen arracha
les épines de la guirlande, et en fit une couronne qu'il mit en tremblant dans les cheveux
de la jeune fille, et un bouquet à sa ceinture;
et il la contempla ainsi parée.

Et Magdeleine avait quelque chose de céleste ; le bonheur animait son visage ; la couronne d'aubépine avec ses feuilles dentelées
et d'un vert sombre, et ses fleurs blanches
en ombelle, était enlacée dans ses cheveux
noirs en bandeau sur son front.

« Magdeleine, dit Stephen, vous voici parée comme une fiancée. »

Ils se regardèrent ; Magdeleine baissa les

yeux ; une larme suspendue à ses cils noirs tomba sur la main de Stephen.

« Oh ! dit-il, qui pourrait nous séparer ? l'amour n'est-il pas plus fort que tout l'univers ? il n'y a pas d'obstacle que je ne me sente la force de braver et de renverser sous mes pieds. Soutenu de votre amour, d'un regard de vous, je suis plus grand que le monde, et je briserais tout ce qui oserait se mettre entre nous : vous seule, Magdeleine, vous seule pouvez nous désunir et rompre le lien sacré qui attache l'une à l'autre nos deux existences !

— « J'aurai aussi du courage et de la force, Stephen ; quand je me sentirai faible, je m'appuierai sur vous, car vous êtes mon appui et mon guide ; j'aurai du courage et de la force autant qu'en peut avoir une pauvre fille sans mère, et sans expérience pour la remplacer ; et puis, je prierai Dieu de bénir notre union, et les hommes ne peuvent rien contre ce que Dieu a béni.

— « Oui, oui ; et qu'y a-t-il de plus agréable aux yeux de Dieu que deux cœurs purs comme les nôtres, qui essaient une vie d'amour, et goûtent le bonheur que Dieu lui-même a dé-

taché de sa couronne de joies et de délices,
pour la laisser tomber aux cœurs vertueux?
Si le Créateur laisse quelquefois tomber un
regard sur la terre, il doit le reposer sur
deux amans.

— « Si je fais mal, Dieu est témoin de mon
innocence, j'écoute la voix de mon cœur,
c'est lui qui l'a mise en moi.

— « Non, dit Stephen, l'amour est l'âme de
la vie. Dieu voudrait-il ôter les fleurs aux prai-
ries et le parfum aux fleurs? car la vie sans
amour, c'est un champ aride; c'est une terre
maudite que la pluie ni la rosée ne fécondent
jamais.

— « Magdeleine, moi aussi, mon cœur est
pur comme le tien : seuls, sous les yeux du
Créateur, au sein de la nature, le seul temple
digne de lui, jurons d'être l'un à l'autre;
prions-le de bénir une union vertueuse et
sainte. »

Et tous deux, se tenant par la main, firent
un serment, un serment vrai partant du cœur,
et tel que le Créateur doit l'entendre, si toute-
fois nos vœux, nos craintes, nos joies, nos
douleurs et nos prières parviennent jamais
jusqu'à lui.

A ce moment, au milieu du silence mystérieux, comme le soleil ne laissait plus à l'oc-
cident qu'un reflet d'un jaune pâle, on entendit un chien pousser un de ces plaintifs et
lugubres hurlemens que la superstition regarde comme un présage certain de mort.
Et tous deux tressaillirent ; et il leur sembla
que des nuages ils retombaient sur la terre :
ce cri avait quelque chose d'horriblement
sinistre.

Et d'ailleurs, quand on est heureux, on croit
aux mauvais présages. Le bonheur est une
neige blanche sur laquelle la moindre chose
fait une tache.

Ils se séparèrent après s'être répété plusieurs
fois qu'ils s'aimaient, pour tâcher d'effacer de
leur cœur la funeste impression de ce rire du
démon, qui grince des dents en voyant le bonheur du ciel.

XVIII.

Stephen à Magdeleine.

Tu refuses de m'écrire, Magdeleine! quoi!
dans ces longues heures que nous passons à
attendre le moment de nous voir quelques
instans, ne sens-tu pas le besoin de t'entretenir avec ton ami, de te rapprocher de lui
en lui écrivant? et quand le mauvais temps
ou la prudence ne nous permettent pas de
nous voir au jardin; quand, devant ton père,

nous ne pouvons que nous voir, sans laisser parler ni notre bouche ni nos yeux, ne penses-tu pas que je serais bien heureux d'emporter quelques paroles d'amour qui béniraient mon sommeil ?

Ce qui t'arrête, ce sont des préjugés que l'on t'a inculqués dès l'enfance : on t'a dit que c'était un grand crime d'écrire. Sais-tu que ce sont les femmes coquettes et débauchées qui ont inventé cette règle de vertu ? Sais-tu qu'on ne vous défend d'écrire à vous autres filles, que pour qu'il ne reste aucun vestige de votre amour, quand votre amour est éteint ? Cette loi n'a qu'un but, c'est d'ôter un frein à l'inconstance et au parjure. Si cette idée avait pu venir de toi, je te mépriserais. La femme qui dit à un homme qu'elle l'aime, et qui refuse de le lui écrire, se réserve les moyens de l'abandonner et de le trahir plus tard ; c'est plus qu'un parjure, c'est un faux serment.

Et d'ailleurs, pauvre enfant, qu'avons-nous à faire du monde et de ses lois, et de ses préjugés ? que peut-il ajouter à notre bonheur ? il ne peut rien nous donner ; ne lui permettons pas de nous rien ôter.

On ne peut rien faire à moitié. Si tu te soumets aux volontés et à l'opinion des autres, ils te défendront aussi de m'aimer, et tu leur obéiras; et quand, pour prix du bonheur d'aimer et d'être aimée, tu n'auras eu d'eux qu'une froide estime (et qui sait s'ils te l'accorderont, cette estime pour laquelle tu auras donné toute ta vie et toute la mienne), que te restera-t-il?

Oh! alors, que de regrets amers dans ton cœur! Alors que pour nous deux se sera fané le printemps de notre vie; alors que des cheveux blancs à la tête, et de la glace au cœur, nous n'aurons plus d'autre vie que le souvenir ou plutôt le regret; alors tu pleureras tes souffrances et les miennes, tu pleureras sur chaque instant que tu aurais pu donner à l'amour, et que tu lui auras refusé. Tu iras leur demander ton bonheur à ceux dont tu auras été l'esclave. Es-tu donc à eux? es-tu leur propriété? Ne dois-tu pas être à moi toute entière? Folle, folle, ta vie passera sans amour et sans bonheur! ils te prennent ton bonheur, et ils ne te donnent rien; rien qu'une estime à laquelle ils attachent si peu de prix, qu'ils ne se donnent pas la peine de

la mériter de ta part. Pèse mes paroles, Magdeleine, tu tues ton bonheur et le mien; tu tues
ta vie et la mienne; tu offenses le ciel, car le
bonheur est son don le plus précieux, et tu le
rejettes. Ta vie passera comme une fleur que
le soleil n'a pas fait épanouir; qui n'a eu
ni éclat ni parfum; et ceux à qui tu donnes
le soleil et le parfum de ta vie, ils riront de
ta simplicité.

Et que sont-ils de plus que nous? une sainte
auréole autour de leur tête nous les montre-
t-elle comme des anges ou des êtres d'une nature supérieure à la nôtre? Pourquoi leur
volonté ferait-elle céder la nôtre, plutôt que
notre désir leur désir? Pourquoi leur existence tiendrait-elle plus de place que la nôtre?
Pourquoi auraient-ils leurs coudées franches
dans la vie, et y serions-nous resserrés? Quel
droit, quelle raison ont-ils de nous mesurer la
vie à leur taille et sur leurs petites et mesquines
proportions? et devons-nous nous couper
les jambes ou la tête, si nous sommes plus
grands que la vie qu'ils ont faite?

Je n'appartiens qu'à toi; tu n'appartiens
qu'à moi.

Te sacrifient-ils leur bonheur, pour te de-

mander le tien? s'ils te le disent, ils men-
tent.

Magdeleine, crois-moi; pour toi et pour
moi, ne leur jette plus ta vie comme une proie.
Tu es à moi.

XIX.

A l'heure où le soleil paraît, à l'horizon,
Brillant de pourpre et d'or, dans l'onde au loin rougie,
Enfoncer lentement et son disque et ses feux,
D'un éclat plus majestueux,
Un instant brille la nature ;
Son roi répand sur elle une lumière pure,
Et d'un regard d'amour il lui fait ses adieux ;

Tout se tait : les oiseaux, cachés sous le feuillage,
Ont interrompu leurs concerts ;
On n'entend plus le vent du peuplier sauvage
Balancer le front dans les airs.

Dans ce moment de calme et de silence
Qu'avec plaisir le cœur s'abandonne aux appas
Des désirs, des projets.................

« Il faudrait, dit Magdeleine, que la maison
fût au soleil levant.

— « Oui, dit Stephen ; mais il faut savoir

d'abord où nous mettrons notre maison. N'ai-
meriez-vous pas qu'elle fût sur un coteau,
près d'une rivière ? L'eau anime le paysage;
l'herbe est plus verte dans une plaine arrosée
par une rivière; et ce voisinage nous procu-
rerait le plaisir de la pêche, des bains et de la
promenade en bateau.

— « J'accorde la situation, dit en souriant
Magdeleine, mais je maintiens mon opinion
sur l'exposition la plus convenable.

— « Accordé, dit Stephen.

— « Il ne nous faut, reprit Magdeleine,
que deux étages: en bas, une salle à manger
et une cuisine, et une chambre de domestique; en haut, votre cabinet, un salon, et.....

— « Et notre chambre. »

Magdeleine rougit. Il y eut un moment de
silence, après quoi elle continua : « La maison
sera couverte en tuiles, les ardoises sont tristes à la vue; les volets seront peints en vert.

— « Je ne suis pas trop pour les volets
verts, à moins qu'ils ne soient d'un vert
sombre.

— « Ils seront d'un vert très sombre. Il faut
planter, autour de la maison, de la vigne, de
la clématite, du chèvrefeuille.

— « Et aussi du jasmin et des rosiers du Bengale.

— « De sorte que la maison sera toute tapissée de verdure et de fleurs. Devant sera le jardin fleuriste. Mais j'ai oublié quelque chose.

— « Quoi donc ?

— « Il nous faut deux chambres de plus, pour mon père et votre frère.

— « Oui, Magdeleine, ils ne nous quitteront pas.

— « Le jardin fleuriste sera cultivé par mon père; derrière la maison seront le verger et le potager.

— « Je veux aussi de l'herbe épaisse, un beau gazon, et au-dessus, de grands arbres, qui donnent une ombre fraîche et épaisse.

— « Des tilleuls; et le tout sera fermé d'une haie d'aubépine et d'églantiers.

— « Non, on est trop exposé aux regards importuns dans un jardin ainsi ouvert; il faut *représenter* continuellement; j'aime mieux un grand mur.

— « Alors il faudra tapisser le mur en dedans avec l'aubépine et les églantiers avec leurs petites roses si parfumées.

— « De la vigne-vierge et du houblon au

feuillage d'un vert sombre; de plus, au pied des arbres, nous mettrons des fleurs rampantes, des pois de senteur avec leurs fleurs qui ressemblent à des papillons.

— « Et dans l'endroit d'où l'on découvrira un point de vue, un banc de gazon, juste assez large pour nous deux; ce petit banc, nous l'entourerons d'arbustes et de fleurs, des lilas, des syringas, du chèvrefeuille, des rosiers et des jasmins, des violettes et du muguet, et des liserons.

— « Au milieu du jardin il faudra un petit bassin qui nous servira de vivier.

— « Il faudra l'entourer d'un treillage à cause des enfans. »

Cette idée, qui était échappée à Magdeleine, émut les deux amans à un point extraordinaire. Magdeleine, pour cacher sa rougeur, se baissa pour ramasser une fleur qu'elle avait laissé tomber.

Stephen voulut la prévenir. En se baissant, leurs cheveux se touchèrent; un frisson leur parcourut tout le corps; on eût dit que c'était leurs deux âmes qui s'étaient ainsi touchées.

Quand ils furent plus calmes :

« Nous avons fait bien des projets, dit

Magdeleine; et qui sait s'ils seront jamais réalisés? l'avenir n'est pas à nous.

— « Il est à nous, si tu m'aimes! s'écria Stephen; s'il nous est contraire, je le vaincrai.

— « Oh! dit Magdeleine, je ne sais pourquoi j'ai peur. Nous sommes trop heureux. »

Et ils devisèrent de la sorte encore quelque temps. Stephen portait à ses lèvres la main de Magdeleine; elle cherchait à la retirer. En se séparant, il déposa un baiser de feu sur son front; elle devint toute tremblante, et s'enfuit en lui laissant un regard de reproche.

XX.

Magdeleine à Stephen.

STEPHEN, qu'avez vous fait? ce baiser, qu'il m'a rendue malheureuse! Que de reproches je me suis faits! pourtant c'est vous qui l'avez surpris. Je suis si heureuse près de vous! je m'abandonne à vous avec tant de confiance! vous n'en abuserez pas, n'est-ce pas? Pensez à quoi vous nous avez exposés; si quelqu'un nous eût vus, je n'aurais plus osé me montrer, j'en serais morte de honte; si vous saviez

comme j'ai pleuré toute la nuit! comme je me
suis retracé toutes ces tristes images de dés-
honneur dont me parlait la tante qui m'a éle-
vée! Je me sentais moins pure ; j'osais à peine
adresser ma prière à Dieu ; mais j'ai tant pleuré,
j'ai tant prié, qu'il a dû me pardonner.

XXI.

Stephen à Magdeleine.

Oui, qu'ai-je fait? J'ai porté une affreuse blessure à mon bonheur.

Quoi ! vous ne pouvez me pardonner un baiser comme en donne un frère à sa sœur! et pourtant, Magdeleine, si j'avais cédé à la fièvre qui me brûlait, c'est un baiser d'amour que je t'aurais donné. Ce baiser, que je vous ai *surpris*, il me fait plus de mal qu'à vous; ce n'est pas du bonheur; je vous ai *surpris* ce que vous deviez me donner; ce baiser, qui courait dans mes veines comme du feu, il ne vous a pas émue, il vous a *contrariée*; c'est comme un baiser que j'aurais donné au front de marbre d'une statue ou d'une morte, il m'a glacé le cœur; je n'en veux pas non plus de vos baisers froids; si j'avais su vous le *surprendre*, ce baiser, si j'avais su que celle que je sentais respirer sur ma poitrine était calme et glacée, que son cœur ne battait pas plus fort que d'ordinaire, que son sang ne coulait ni plus chaud ni plus rapide, que sa main dans la mienne ne tremblait que de peur, je l'aurais repoussée loin de moi comme un serpent. Ce que j'aime, Magdeleine, ce n'est pas votre corps, ce n'est pas votre esprit, c'est votre amour. Si vous ne m'aimez pas, ou si vous m'aimez d'un froid et ridicule amour de salon, d'un amour qui ne soit pas toute la vie, ne me craignez pas, Magdeleine, je ne vous *surprendrai pas de faveurs*. L'amour n'accorde pas, encore moins il doit se faire *dérober*; il donne, et il est heureux de ce qu'il donne.

Magdeleine! Magdeleine! vous ne compre-

nez pas l'amour; il faut que je vous *remercie*
du bonheur que vous m'avez *accordé*, car j'en
ai éprouvé beaucoup, j'en ai eu plein mon
cœur, je l'ai senti déborder; il faut que je
vous *remercie*, car ce bonheur, je vous l'ai
aussi *surpris*, vous ne l'avez pas partagé.

O Magdeleine, au nom du ciel, un mot
d'amour, un mot qui me calme, qui me con-
sole, qui me rende la croyance au bonheur!

Et quoi qu'il arrive, pensez que votre honneur et votre pureté me sont aussi chers qu'à
vous-même.

XXII.

Magdeleine à Stephen.

Mon ami, que votre lettre m'a fait de mal !
Pourquoi doutez-vous de mon amour? Qui a
pu vous donner d'aussi tristes pensées, et que
faut-il faire pour les écarter de votre esprit
malade?

Faut-il te dire que je t'aime plus que ma
vie, que tu es tout mon bonheur, et que je
ne puis vivre sans toi? Stephen, ne le savais-tu
pas ? Ai-je balancé à vous dire que je vous ai-

mais quand vous me l'avez demandé, et me croyez-vous capable de vous tromper?

Oh! calmez-vous, mon ami! pardonnez-moi des alarmes peut-être exagérées; pensez à la situation d'une jeune fille privée, dès les premiers pas de sa vie, de son guide naturel, de sa mère, et qui a la tête pleine des récits des précipices qui bordent la route, et des dangers du chemin.

Oui, je me confie à vous. Vous avez raison, mon amant doit me donner pure à mon époux; c'est *vous* qui préserverez *pour vous* mon innocence et mon honneur. Ils sont à vous, c'est mon seul bien, mon seul trésor avec mon amour. Qu'ils soient votre bien et votre trésor, et défendez-les contre vous et contre moi, s'il en est besoin!

XXIII.

L'air que je respirais près de ma bien-aimée,
L'air où se confondait son haleine embaumée,
L'air, le même pour tous les deux.....

Et moi, pour respirer de plus près son haleine,
Ma bouche, en frémissant, s'approchait de la sienne,
Et touchait presque ses cheveux.

PRESQUE tous les jours, Stephen et Magdeleine se voyaient au jardin ou chez M. Müller,
qui prenait pour Stephen une affection toujours croissante. Stephen, qui avait quelque
instruction, lui faisait quelquefois faire des
découvertes qui l'enchantaient. Il était de tous
leurs plaisirs ; il les accompagnait dans leurs
promenades. Les deux amans, heureux de respirer le même air, s'enivraient de la plus pure
félicité, sans songer à l'avenir, et voyaient

chaque jour apporter son bonheur. Souvent, après le dîner, Stephen, habile nau-
tonier, les menait errer sur la rivière, et
leur promenade se prolongeait quelquefois
jusque fort avant dans la nuit.

O les belles nuits d'été!

Quand la terre est encore chaude du soleil
du jour, l'air tiède, et de temps à autre
une brise fraîche qui agite et parfume les
cheveux! aucun autre bruit que celui que
font en cadence le mouvement des avirons,
et l'eau, qui se fend et murmure sur les flancs
du bateau ; et, sur le bord, les coasse-
mens monotones des grenouilles qui sortent
des joncs.

Et la lune, qui se lève rouge derrière un
rideau de saules, et glisse ses rayons bleuâtres
à travers le feuillage, puis monte, blanchit,
se mire dans l'eau, et fait paraître les peupliers comme de grands fantômes noirs!

Et sur la rive, dans l'herbe épaisse et noire,
des lucioles, des vers luisans, scintillans d'une
lueur bleue comme celle des étoiles!

Et Magdeleine, au milieu de cet imposant
silence, chantait de sa voix pure des chants
religieux ou des chants d'amour.

Et quelquefois tous trois ensemble unissaient leurs voix.

Tant pis pour ceux qui ne comprennent pas ce bonheur-là.

Néanmoins, comme Dieu n'a pas voulu que l'homme soit aussi heureux que lui, vous n'avez qu'à chercher au fond de tous les bonheurs humains, vous verrez toujours quelque chose qui fait tache.

Ainsi, Magdeleine disait souvent à Stephen : Mon ami, nous sommes trop heureux.

Stephen la rassurait. Et cependant il y a un instinct dans le cœur de l'homme qui le fait s'effrayer d'un bonheur sans nuage. Il lui semble qu'il doit au malheur la dîme de sa vie, et que ce qu'il ne paie pas porte intérêt, s'amasse, et grossit énormément une dette qu'il lui faudra acquitter tôt ou tard.

Stephen songeait de son côté que son père allait se retirer des affaires, et que sa retraite ne lui permettrait plus de lui continuer sa modique pension. Il voyait arriver le moment où il ne pourrait plus rester ainsi sans *gagner sa vie*, et où il faudrait quitter sa petite chambre.

Et M. Müller craignait pour la santé d'un oranger ou d'un *camelia*. Un nuage noir se formant sur un ciel pur lui présageait de la grêle, et lui causait parfois de vives inquiétudes; et d'ailleurs il ne pouvait venir à bout de déterrer l'origine de *ranunculus*.

XXIV.

M. Müller à Stephen.

Vous savez, Monsieur, avec quelle cordia-
lité je vous ai reçu chez moi, et combien je
suis reconnaissant de l'amitié que vous nous
témoignez à moi et à ma fille. Cependant aujourd'hui j'ai acquis l'entière conviction que
cette amitié n'est pas aussi désintéressée que
je l'avais pensé, et qu'il est de mon devoir de
réparer ce que je n'ai pu prévenir.

D'après cette conviction, vous comprenez que je ne puis plus, comme par le passé, vous recevoir chez moi; veuillez donc bien, Monsieur, cesser totalement vos visites, qui, sous bien des rapports, m'étaient infiniment agréables, et auxquelles je ne renonce qu'avec un sensible regret, mais qu'une impérieuse nécessité me défend d'accueillir désormais.

Vous êtes trop sincère pour tenter de me nier un fait qui m'est prouvé; de plus, ce serait vainement que vous combattriez une résolution prise après un mûr examen et de sérieuses réflexions; toute observation verbale ou par écrit n'y changerait rien, et je vous prie en grâce de me les épargner; j'espère que vous me conserverez des sentimens d'estime dont je pense être digne.

Daignez recevoir ici l'assurance de ma considération distinguée, et me croire votre très dévoué serviteur,

MÜLLER.

XXV.

Je voguais, tout à coup le vent m'a délaissé,
J'ai vu tomber ma voile vide.
Ch. Romey.

En lisant cette lettre, la sueur sortait du front de Stephen. Quand elle fut finie, quand il ne put plus douter de ce qu'elle contenait, cette sueur se glaça, ses bras tombèrent, et son regard devint fixe et stupide.

Pendant quelque temps il resta dans une complète insensibilité; puis, tout à coup, d'un mouvement convulsif, il releva la tête, et frappant sa poitrine et sa tête.... C'est moi, c'est bien moi.... je ne rêve pas; voici la lettre !

La lettre.... ô mon Dieu! et les yeux béants, il la relut.

Une horrible torpeur pesa sur lui. Il ne sentait rien, pas même sa douleur; il était devenu comme une pierre.

Oui, oui, chassé! Mon bonheur est mort. Cet homme le renverse de la main sans effort; d'un acte de sa volonté il efface toutes mes espérances, il tue mon avenir et ma vie.

Magdeleine! on veut me séparer de Magdeleine! la chair de ma chair! et il se prit à ricaner comme le démon. Non, non, vieillard, tu n'es pas assez fort.... Il n'est pas si facile d'arracher le cœur de la poitrine!... et il poussa un rugissement comme une bête féroce.

O mon Dieu! dit-il après quelques instans de silence, pourquoi m'écrasez-vous ainsi? est-ce pour me punir d'avoir levé si haut la tête, et de m'être laissé, par mon bonheur, élever au-dessus de l'humanité? Oh! si c'est un crime, il est expié. Et des larmes s'ouvrirent un passage; elles inondèrent sa poitrine.

Oh! non, dit-il, c'est impossible; je dors, je rêve, réveillez-moi; par pitié, réveillez-moi!

Et il se frappait, il se déchirait la poitrine avec les ongles.

Non, non, je suis éveillé, bien éveillé; c'est quand j'étais heureux que je rêvais.

Quoi! je ne la verrai plus! Oh! il fallait m'avertir, je ne l'ai pas assez regardée hier, je ne me suis pas abreuvé de sa vue! je ne la verrai plus, jamais, jamais!

Et cet homme qui me prend pour un séducteur, pour un traître! est-ce que je voulais autre chose que son bonheur à elle?

Et de quel droit la sépare-t-il de moi? de quel droit me mesure-t-il la vie et le bonheur?

Et sa fille, doit-il régler sa félicité et son avenir plein de séve, sur son passé mort et sa froide raison?

Doit-il la condamner à vivre de sa vie d'huître?

Doit-il couper et mettre au grenier l'herbe verte et vivace avec la paille sèche?

Dieu laisse les hommes, ses créatures, disposer de leur vie; et lui, le vieillard, il veut être plus maître que Dieu!

Oh! non, je ne serai pas un bœuf qui se laisse égorger sans défense! je défendrai la vie et le bonheur qu'on m'arrache.

Vieux fou méchant ! il a dépensé sa vie, il veut prendre la nôtre, comme ce tyran qui buvait le sang des enfans pour prolonger ses jours, et réchauffer et réparer son sang froid et pourri.

Et cette lettre, qui me tue, il la termine par cette affreuse ironie : *Votre très dévoué serviteur!* Malédiction sur toi, vieillard ! tu traites cette affaire comme une lettre d'invitation à dîner ; tu te sers d'une formule ordinaire, avec moi que tu assassines !

Tu veux sucrer le poison !

Tu ôtes ton chapeau et tu me salues avant de me poignarder !

Et Stephen marchait à grands pas.

Enfin, épuisé de fatigue, il tomba sur son lit, pleura long-temps, et s'endormit. Une heure après il se réveilla ; il écrivit plusieurs lettres, les déchira ; elles étaient menaçantes ; puis en cacheta une dans laquelle il avait mis plus de modération.

XXVI.

Minuit ! autour de moi règne un calme sauvage ,
Le vent léger du soir fait trembler le feuillage.
Des nuages errans ,
La lune dégageant sa lumière incertaine ,
D'une pâle lueur argente au loin la plaine
Et les arbres mouvans.

M. Müller n'était pas un méchant ni un fou, mais un homme froid et prudent : plusieurs fois, dans leurs promenades, Stephen avait avoué qu'il n'avait ni fortune ni profession ; et M. Müller, qui n'était pas très riche

I.   8

lui-même, ne pouvait admettre l'idée de livrer sa fille à la pauvreté et au malheur.

Quand il eut, par une lettre dont les morceaux déchirés avaient excité sa curiosité de savant, appris ce qui se passait, il se fit de vifs reproches de son aveuglement, et seul avec Magdeleine, lui dit : « Crois-en mon expérience et mon amitié, tu me remercieras plus tard de ce que je fais aujourd'hui; mais ma résolution est irrévocable, jamais je ne te donnerai à M. Stephen : non que je ne le croie un bon et honnête jeune homme, mais sa position, et, je le crains, son caractère, ne lui permettent pas de se marier. »

Magdeleine fit observer à demi-voix à son père que Stephen était jeune et savant, et que son travail pouvait lui ouvrir un bel avenir et une honorable aisance; qu'il ne fallait qu'attendre et l'encourager : qu'elle attendrait.

« Non, dit M. Müller, il a dans le cœur un orgueil qui l'empêchera de réussir en rien, et tu passerais ta jeunesse dans un triste et inutile abandon. »

Magdeleine pria et supplia, mais vainement.

— « Magdeleine, je serai ton ami et ton

appui ; je te consolerai, et tu l'oublieras. » Et il la laissa.

Magdeleine descendit au jardin, et y resta une partie de la journée ; sa physionomie était calme, elle avait pris une résolution ; mais Stephen ne descendit pas, et toute la journée se passa sans qu'on le vît paraître.

Le soir, après que M. Müller eut fumé sa dernière pipe, il embrassa sa fille comme de coutume.

Il croyait tout fini, et lui dit : « Bien, très bien, Magdeleine ! tu vois ce que peuvent la raison et le courage. »

Quand la jeune fille pensa que tout le monde était endormi, Geneviève et son père, elle se mit à genoux, pria Dieu avec ferveur, et, les pieds nus pour ne pas faire de bruit, elle ouvrit doucement la porte de sa chambre et celle de la salle à manger, au moindre mouvement retenant son haleine, et prêtant l'oreille ; puis elle monta l'escalier.

Et arrivée à la porte de Stephen, il lui prit un tel battement de cœur qu'elle fut forcée de s'arrêter quelques instants ; là, elle se mit encore à genoux, et, les mains fortement serrées, appela Dieu à son aide. Puis elle frappa en appelant à demi-voix : Stephen !

Le pauvre garçon était encore étendu sur son lit, épuisé par les larmes, la fureur et le besoin d'alimens ; car il n'était pas sorti de sa chambre de toute la journée.

Il lui sembla entendre la voix d'un ange ; il ouvrit ; et quand Magdeleine lui eut dit : Stephen, c'est moi, c'est Magdeleine, il lui prit la main ; et tous deux, pensant à leur cruelle séparation, se prirent à pleurer amèrement.

Un faible rayon de la lune éclairait seul la chambre.

« Stephen, dit Magdeleine, notre amour n'est pas un amour vulgaire. J'ai pensé que je pouvais venir sans crainte auprès de toi, et que mon honneur ne pouvait être aussi en sûreté que sous ta sauve-garde.

« Qui oserait, dit Stephen, souiller d'une seule pensée ta céleste innocence ! »

—« Les instans sont précieux ; fouille dans ton cœur ; te sens-tu autre chose que le désespoir ? te sens-tu la force de lutter avec moi contre le sort, et de conquérir le bonheur pour toi et pour moi ?

—« Oui, dit Stephen, avec toi je suis fort, je suis plus fort que tout.

— « Eh bien ! Stephen, il n'y a plus pour nous d'espoir qu'en nous et dans l'aide du ciel. Mon père a brûlé ta lettre sans la lire. Mais moi, je ne crois pas que sa volonté puisse nous désunir. C'est à la face de Dieu que je t'ai pris pour mon fiancé. Je suis à toi, Stephen. Si tu as du courage et de la force, j'en aurai aussi. J'attendrai, j'attendrai long-temps, j'attendrai toujours. Je conserverai pur et digne de toi le cœur de ta Magdeleine. Toi, pars, travaille ; atteins seulement sur la route de la fortune le commun des hommes, fais-toi un état, une profession, et reviens me demander à mon père. »

Stephen alors se releva de son abattement.

« Oui, dit-il, je pars, je vais travailler ; mais pour me donner de la force ne recevrai-je jamais de toi ni nouvelles ni encouragemens ?

— « Je t'écrirai, dit Magdeleine, et tu me répondras : tu adresseras tes lettres à *Geneviève ;* elle ne sait pas lire, et ses lettres me passent nécessairement par les mains ; je reconnaîtrai ton écriture. Du courage, de la force, Stephen, mon fiancé ! encore une fois, à la face du ciel, je te jure de n'appartenir jamais à un autre que toi. « O mon Dieu ! dit-elle, vous

entendez mes sermens ; punissez-moi si je
suis parjure ! »

— « O mon Dieu! dit Stephen, bénissez-nous!»

— « Demain, dit Magdeleine, il faut partir ;
il ne faut pas laisser amollir notre courage :
reçois mes adieux, mes bien tendres adieux!
Oh! que ne puis-je partager tes fatigues et tes
ennuis ! mais je ne puis rien, rien que t'attendre. Adieu ! adieu le plus chéri des hommes ! adieu, toute ma joie et tout mon bonheur! » Et elle coupa une tresse de ses cheveux
noirs , et Stephen lui donna des siens en
échange.

« Adieu , dit - elle encore ; c'est la dernière
fois que nous nous voyons jusqu'au retour ;
mais alors ce sera pour ne plus nous séparer.

« Adieu, dit Stephen ; que ton cœur veille
sur moi , et mon courage se roidira et gran-
dira contre les obstacles !

« Stephen , reprit Magdeleine, ne te laisse
pas abattre ; conserve-toi pour Magdeleine,
pour le bonheur ! Je t'écrirai, je t'aimerai de
toute mon âme. Ne m'oublie pas ; aime ta
Magdeleine ; ne m'oublie pas : je t'écrirai
souvent ; et toi, dis-moi tout, tes fatigues et
tes dégoûts. Je veux ma part de tout. Adieu ,

mon Stephen ? mon ami , mon fiancé ! Sé-
parons-nous , il le faut. Adieu !... »

Ils se serrèrent les mains et se quittèrent.
Stephen voulut la suivre; mais elle lui fit signe
de rester, et sa forme légère se perdit dans
l'ombre.

XXVII.

Le Départ.

O le soleil, le beau soleil,
Qui fait dans le jardin tout riant et vermeil !

Le rouge est la couleur des roses,
Quand, au matin, jeunes écloses,
Elles rompent leur bouton vert.

Le vert est la couleur de l'épaisse feuillée
Où la fauvette et sa couvée
Mettent leur retraite à couvert.

L'azur est la couleur du ciel pur de l'automne,
Ou des bleuets que, pour mettre en couronne,
Les enfans vont chercher au sein des blés jaunis.

. . . .

Mais quand sur toute la nature,
Sur le sol, sur les eaux, sur la molle verdure,
Le beau soleil étend son magique reflet ;

. . . .

Tout change, tout s'éveille et s'anime à l'envie,
La couleur du soleil c'est celle de la vie;
C'est un regard d'amour que Dieu laisse tomber.

. . . .

LE matin, dès que le jour parut, Stephen
remplit une petite malle de ce qui lui appar-

tenait; il mit dans un papier, sur une table, ce qu'il devait d'argent à M. Müller pour le loyer de sa chambre; puis il alla appeler le jardinier, et le chargea de porter sa malle sur son cheval jusqu'à la ville.

Pour lui, il mit son costume de voyage, des guêtres, un pantalon de toile; puis, armé d'un bâton, il sortit de sa chambre.

« Adieu, dit-il, asile de paix et de bonheur! adieu, jusqu'au jour où je reviendrai demander le prix de mes efforts et de mon courage. »

Il descendit au jardin. A ce moment, le soleil se levait.

Le ciel, à l'orient, était clair et bleuâtre; des nuages légers et vaporeux, rosés et couleur de feu, glissaient mollement sur l'azur; le reste du ciel était encore sombre, et on y voyait les étoiles qui n'avaient plus qu'une lueur blanche.

Puis les troncs des tilleuls reçurent obliquement une teinte rosée.

Puis l'orient parut tout en feu; puis la moitié du ciel devint rose.

Puis on vit les nuages ressortir en bandes de feu sur le bleu du ciel.

Et les arbres, selon qu'ils étaient plus où

moins exposés aux rayons, parurent les uns noirs, les autres verts, ou roses, ou dorés.

L'herbe était couverte de rosée, de rosée chatoyante comme des diamans, tour à tour blanche, verte, rouge, couleur de feu, des diamans, des rubis, des émeraudes, des opales.

On n'entendait rien que le bourdonnement des abeilles qui se plongeaient dans le calice des fleurs.

Il y a à cette heure quelque chose qui renouvelle et rajeunit le sang dans les veines, quelque chose qui donne la vigueur au corps et à l'âme.

Et Stephen, d'ailleurs, ne voyait plus, comme la veille, la vie cruellement mutilée.

Il se sentait plein de force et de courage, comme le batelier qui, battu par le vent et par les vagues, aperçoit la rive verte, et se sent assez de vigueur pour l'atteindre; et l'émotion qu'il ressentait n'avait rien de triste; il commençait un voyage fatigant, mais dont le but était un lieu de délices, et il se sentait assez de force pour marcher vite.

Et il n'y avait plus en lui le découragement produit par l'incertitude, qui élève sur la route un mur d'airain. La seule douleur qui puisse abattre une âme énergique est celle que l'on ne peut saisir corps à corps pour lutter avec elle; mais plein de courage et de confiance, il s'apprêtait à un combat dont l'issue ne lui paraissait pas douteuse.

Et il faut aussi rechercher l'origine de ce calme dans des causes physiques : quand il avait vu par les paroles de Magdeleine un rayon au milieu de la nuit, une voile blanche sur la mer déserte, il pensa qu'il avait mieux à faire que de pleurer. Il prit quelque nourriture, et dormit d'un profond sommeil ; ajoutez à cela l'air frais et vivifiant du matin, et les premiers rayons du soleil.

Cependant son cœur se serra en songeant que le lendemain, et le jour d'après, et tous les jours, il ne verrait plus le jardin ni l'allée de tilleuls.

Il dit adieu à tout; chaque arbre, chaque fleur était pour lui un ami. Il grava son nom et celui de Magdeleine sur un tilleul; il cueillit une branche de chèvrefeuille et une d'aubépine pour lui, puis fit un bouquet pour Magdeleine, et le laissa sur l'herbe; et d'une voix qui partait du cœur, d'une voix profonde et qui emportait avec elle quelque chose de son âme, il dit adieu.

Et il contempla la fenêtre de Magdeleine; elle aussi avait succombé à la fatigue produite par des émotions trop violentes ; elle dormait: les vitres de la fenêtre brillaient comme du feu de la réflexion du soleil. Il dit encore adieu; il attendit un peu ; la fenêtre allait s'ouvrir.

Mais non; ils n'auraient pu qu'échanger un regard ; les adieux de la veille étaient plus complets; il valait mieux que leur impression fût la dernière. Il dit encore adieu, et essuya une larme qui roulait dans ses yeux.

Il partit d'un pas rapide, puis s'arrêta quand on ne voyait presque plus la maison ; et après quelques instans encore, il dit adieu, adieu, et marcha rapidement: son cœur était serré; mais l'agitation de la marche, la belle nature, le ciel bleu, et, plus que toute autre chose, l'espérance, le soutenaient.

Et, de temps à autre, il respirait le parfum des fleurs qu'il avait emportées; il lui semblait respirer l'haleine de sa bien-aimée.

Ou il s'asseyait sur un tertre de gazon, et lisait quelqu'une des lettres de Magdeleine,

et il songeait à l'avenir, à ce qu'il allait faire,
et à l'accueil qu'il recevrait de son père et de
ses amis.

XXVIII.

Magdeleine à Stephen.

Tu es parti, tu es loin de moi, je ne te
verrai plus, ô mon Stephen ! mon unique ami !
tu es parti, je perds tout; et moi, c'est moi
qui t'ai dit de partir ! Tout ce que je t'ai dit,
ce que la raison me dictait, il n'y avait pas un
mot qui exprimât ma pensée ! tu es parti, et
je ne t'ai pas vu, et mes yeux ne t'ont pas juré
un amour éternel ! Toute consolation m'est
donc refusée ! Quel bonheur j'aurais éprouvé

à t'adresser mes adieux, à te laisser voir mes
larmes et ma douleur, à la voir partagée par
toi !

Mais non ! tes larmes à toi m'auraient déchiré le cœur ; il est mieux que je n'aie pu te
parler. Quel courage n'eût-il pas fallu pour
résister à ce dernier entretien ? quelle contrainte n'y aurais-je pas apportée ? je n'aurais
pas voulu te montrer le fond de mon cœur,
et il est si difficile de le cacher à son ami !

A peine réveillée, je suis descendue au jardin ; j'avais presque l'espérance de t'y voir ;
je n'ai rien trouvé que ce bouquet que tu as
laissé pour moi ; je l'ai mis dans mon sein, et
je suis allée chercher tes lettres. Je suis venue
les lire à l'endroit où nous avons passé ensemble des heures si heureuses, sous le soleil
qui était encore hier le même pour nous
deux. En les relisant, il me semblait que tu
étais encore près de moi, que ces paroles
d'amour étaient vivantes, et que c'était ta voix
qui les prononçait ; et quand j'ai relevé la tête,
rien, rien auprès de moi sur le banc de bois ;
ta place était vide ! je me suis mise à pleurer
amèrement ; et quand mes larmes ont eu un
peu soulagé mon cœur, j'ai cherché tout ce

qui pouvait te rendre présent à mes yeux : j'ai vu
le gazon encore penché de la trace de tes pas,
et j'ai encore relu tes lettres en les couvrant
de baisers ; j'y ai retrouvé ce nom si doux
que tu m'y donnes. Oui, Stephen, je suis ta
fiancée ; cette idée doit sécher toutes tes
larmes : tu es parti, mais c'est notre bonheur
que tu vas assurer ; j'aurai du courage, de la
raison ; mon avenir est paré de riantes cou-
leurs ; qu'il sera beau, tout à toi ! Nous avons
un temps d'épreuves à supporter ; mais qu'il
est court, comparé à tout ce qu'il nous restera
de vie heureuse ! Allons, mon Stephen, du
courage, de l'espérance ! elle embellit le présent autant que l'avenir, elle fortifie le cœur ;
attachons-nous à elle.

XXIX.

Magdeleine à Stephen.

Quelle terrible nuit j'ai passée ! vers le soir un orage a éclaté ; je ne savais si tu étais arrivé ; je me suis retirée de bonne heure dans ma chambre ; mais j'avais résolu de ne pas dormir pendant que peut-être mon Stephen était accablé de fatigue, et inondé des torrens de pluie qui tombaient du ciel : je me mis à t'écrire, et de temps en temps je m'arrêtais pour pleurer. Au bout de quelques heures je me trouvai dans un affaissement extrême ; mes

yeux n'avaient plus de larmes ; une soif ar-
dente me consumait ; un sommeil pénible
s'empara de moi, il ne dura pas ; le jour était
venu, j'ouvris la fenêtre, le temps était re-
devenu serein ; alors je montai à ta chambre,
la clef était à la porte : en la touchant, un
frisson me courut par tout le corps ; je pensais,
j'espérais un instant que tu n'étais pas parti,
que j'allais te trouver là, te voir encore une
fois ; mais la chambre était vide, tristement
vide : je trouvai ton lit encore défait, quelques
livres qui t'avaient appartenu ; je les prendrai ;
puis cet argent destiné à mon père, je le lui
demanderai ; j'achèterai avec quelque chose à
mon usage ; ce sera comme un présent de toi.

Écris-moi, Stephen, ne me cache rien de ce
qui t'arrive et de ce que tu penses ; tu recevras
deux lettres à la fois à l'adresse que tu m'as
indiquée. Adieu, mon ami, mon fiancé. Adieu,
du courage !

XXX.

Stephen à Magdeleine.

Hier encore j'avais passé la nuit sous le
même toit que Magdeleine; ce matin je me
suis reveillé à dix lieues d'elle; mes songes
avaient prolongé mon bonheur. Mon premier
regard a cherché ma petite chambre; j'étais
dans un appartement inconnu; je mis mes
mains sur mes yeux pour rappeler mes rêves;
je me précipitai à la fenêtre pour chercher
cette douce impression de l'air matinal; mais
l'aurore ne répandait plus sa teinte rosée sur

les sommités des arbres ; elle éclairait les tuiles
des maisons entassées, et ses rayons en paraissaient salis ; et ce soleil ne m'annonçait
plus un jour où je devais te voir, un jour de
bonheur : mon cœur se serra horriblement,
en songeant que ce jour-là, et le lendemain, et les jours suivans, se passeraient de
même.

Je suis seul ; ce n'est plus le même air que toi
que je respire ; mes yeux ne rencontreront plus
les tiens ; ma main ne pressera plus la tienne ;
ta voix ne résonnera plus à mon cœur. Et toi
aussi, sans doute, tu es triste et tu pleures.
Oh ! quand reverrai-je ton regard et ton sourire, et ton front si pur, et tes cheveux noirs,
et ta démarche légère ! Plus heureuse que moi,
tu restes aux lieux témoins de notre bonheur ;
tout, autour de toi, te parle de notre amour,
tout te rappelle ton amant ; mais moi, il
n'y a rien de toi ici, tout semble conspirer à
m'arracher jusqu'à mes souvenirs et au bonheur de ma vie passée.

Écris-moi, Magdeleine, écris-moi ; les détails les plus minutieux sont ceux qui te rap-
procheront le plus de moi.

J'hésitais à t'écrire, je suis abattu, je ne

me sens ni force ni énergie ; cependant il faut marcher à mon but : soutiens-moi, écris-moi, parle-moi de ton amour, donne-moi du courage.

Adieu, mon bel ange, adieu.

Oh ! si je t'avais vue avant mon départ ! si ton dernier regard m'avait suivi !

XXXI.

Où l'auteur prend la parole. — Des Parens en général, et des Cousins en particulier.

Das ist nicht neues.
Félix Desportes.

Dieu ne nous a donné des parens que pour
nous montrer comment il ne faut pas nous
conduire avec nos enfans.

Il y a quelque temps, devant ma cheminée,
quelqu'un s'avisa de demander à quoi peut
servir un cousin.

A cela, d'abord on se prit à rire ; mais la

personne qui avait posé la question la répéta sérieusement, et demanda une réponse.

« J'ai un cousin, dit un de mes amis, un cousin fort riche ; il y a quelques années, je le priai de me prêter cinquante mille francs pour acheter une charge de notaire ; cela ne l'aurait nullement gêné ; mais il découvrit que ma trisaïeule paternelle avait eu une vertu tellement suspecte qu'il était plus que probable que quelque rejeton avait été greffé sur la souche, et qu'en conséquence rien ne prouvait que nous fussions parens. »

Et il y eut entre nous un assez long silence, aucun de nous ne pouvant deviner à quoi peut servir un cousin.

Cependant un des assistans, peintre de son métier, nous dit :

« Les inventions nouvelles ne sont que des choses que l'on a eu le temps d'oublier. Par exemple, on ne pense aujourd'hui qu'à faire des chemins de fer, dans cent ans l'Europe sera couverte de chemins de fer ; et dans trois cents ans il arrivera un homme qui inventera les routes pavées avec leur bordure d'ormeaux.

« De plus, rien n'échappe à l'industrie et à

l'amour du gain. Il y a quelque temps, des capitalistes ont avisé d'aller chercher et déterrer dans les plaines de Leipsick les os des soldats morts, et de les emporter pour en faire du noir d'ivoire, et ensuite du cirage. »

Je l'interrompis.

Car il est remarquable que, même à son insu, le maître de la maison exerce une sorte de domination sur ses hôtes; je défie le maître de la maison de dire un mot, de pousser une exclamation, de se moucher, de remuer sa chaise, sans que je le reconnaisse entre tous, tant il y a dans sa voix, dans ses gestes, dans son regard, dans sa complaisance même, de choses qui semblent dire : Ce feu, auquel vous vous chauffez les pieds, est à moi; cette chaise, sur laquelle vous êtes assis, est à moi; l'air que vous respirez dans ma chambre, est à moi.

Je l'interrompis donc sans façon, pour ne pas laisser perdre une idée qui me surgissait; les idées ne sont pas assez communes pour qu'on les néglige.

« Je me figure, dis-je, un homme né avec un caractère indépendant, un homme plein de séve, qui, se sentant assez fort pour ne rien recevoir de la société, voudrait aussi ne rien

lui donner; voilà sa vie : il naît, on l'empri-
sonne dans des maillots; à six ans on le livre
aux pédagogues, qui lui apprennent des mots,
et lui répètent que le plus grand crime possible est de *raisonner*; entre les mains desdits
pédagogues il a deux chances d'avenir ; ou il
entre dans ces idées taillées sur leur esprit
étroit et mesquin, il se soumet à eux et à l'éducation qu'on lui donne, et il laisse user ses
facultés par la rouille, et il devient bête.

« Ou bien il lutte contre eux; son esprit s'ai-
grit, et il ne fait que retarder et rendre plus
pénible le moment où il lui faudra renoncer à
son individualité, renoncer à être complet pour
se faire fraction et jouer son rôle dans l'état so-
cial. Arrive l'âge du service militaire; il faut se
soumettre à des ordres non motivés d'un cuistre
et d'un ignorant; il faut admettre que ce qu'il
y a de plus noble et de plus grand est de renoncer à avoir une volonté pour se faire ins-
trument passif de la volonté d'un autre ; de
sabrer et de se faire sabrer; de souffrir la faim,
la soif, la pluie, le froid; de se faire mutiler
sans jamais savoir pourquoi, sans autre com-
pensation qu'un verre d'eau-de-vie le jour de
bataille; la promesse d'une chose impalpable

et fictive, que donne ou refuse, avec sa plume,
un gazetier dans sa chambre bien chaude; la
gloire et l'immortalité après la mort.

« Advient un coup de fusil, l'homme indépendant tombe blessé; ses camarades l'achè-
vent presque en marchant dessus; on l'en-
terre à moitié vivant, et alors il lui est libre
de jouir de l'immortalité; ses camarades, ses
parens l'oublient; celui pour lequel il a donné
son bonheur, ses souffrances, sa vie, ne l'a
jamais connu.

« Et enfin, quelques années après on vient
chercher ses os blanchis, on en fait du noir
d'ivoire et du cirage anglais pour les bottes de
son général. »

Quand j'eus fini, quand tous mes hôtes eurent
souri complaisamment, à l'exception de celui
que j'avais interrompu, et qui n'avait pas pris
la peine de m'écouter pour ne pas perdre le
fil de son idée, il continua.

« D'après l'extension de l'industrie, dit-il, et
quelques essais dans le genre de celui dont
je viens de vous parler, il viendra un moment
où le spéculateur s'indignera que l'homme
cesse d'être exploitable à sa mort, et on cher-
chera des moyens d'utiliser sa chair et ses os,

et nécessairement nous reviendrons à l'an-
thropophagie.

« Et l'on dira chez le restaurant :

« Garçon, des côtelettes d'oncle !

« Garçon, des cervelles de professeur frites !

« Garçon, une tête de cousin en tortue !

« Voilà à quoi pourra servir un cousin ! »

On rit de cette folie, et insensiblement chacun raconta, les uns gaîment, les autres tristement, ce qu'ils avaient eu à souffrir de leurs
parens.

Les parens, en effet, ont cela d'admirable,
et je parle des meilleurs, que vous ne pourrez
jamais, ni par plainte, ni par raison, leur faire
comprendre qu'il vient un moment où l'oiseau essaie ses ailes et quitte son nid ; qu'ils
n'ont eux d'autre mission que de faire et d'élever leurs petits jusqu'à l'âge où ils quittent le
nid ; ce que du reste les petits font toujours
trop tard, ce qui est cause qu'ils ont long-
temps le vol lourd et maladroit, et ne savent
pas trouver leur nourriture, trop habitués
qu'ils sont à recevoir la becquée.

Les parens n'admettront jamais non plus
que ce n'est pas à eux, mais à nos enfans, que
nous devons rendre l'affection et les soins

qu'ils ont eus pour nous; ils voudraient toute
notre vie que nous fussions soumis à leurs volontés, ne nous permettant jamais de rompre
le cordon ombilical, et exigeant que jeunes et
ardens nous vivions de cette vie éteinte qu'ils
appellent la sagesse; qu'au moment où un
luxe de séve et de force fait jaillir l'amour de
tous nos pores, et divise notre vie en tant
d'affections et d'intérêts divers, nous concen-
trions tout notre amour et toute notre vie en
eux, comme ils concentrent en nous leur vie
et leur amour, qui tout entiers ne font pas une
somme plus forte que la fraction que nous leur
donnons; ne pensant pas qu'ils ont épuisé les
plaisirs qu'ils veulent nous empêcher de goûter, parce qu'ils sont minés de désirs, épui-
sés de jouissance, ils voudraient nous châtrer.

XXXII.

Il y avait chez le père de Stephen une grande soirée : le pauvre garçon eût bien voulu n'y pas assister; mais il songea que, pour un si faible intérêt, ce n'était guère la peine de se fâcher avec sa famille.

Il fut timide, gauche, gêné dans ses habits, maladroit, surtout de la conscience de sa maladresse, n'osant ni marcher, ni se tenir en place. Cet air si rare, si chargé de vapeurs, respiré cinq ou six fois avant d'entrer dans sa

poitrine, n'était pas assez pur pour ses pou-
mons. Un moment il comprit que chacun dans
le salon s'occupait à quelque chose; les uns
dansaient, les autres jouaient ou causaient en
souriant avec les dames. Stephen se trouva
alors fort embarrassé de son inutilité, et, soit
pour se donner une contenance, soit pour
paraître faire quelque chose, il imagina de
moucher une bougie; la crainte de l'éteindre
fit qu'il l'éteignit : tous les regards se portè-
rent sur lui, il devint rouge comme une cerise.

Un jeune homme en élégant uniforme, qui
se trouvait près de lui, lui dit froidement :

« Monsieur habite la campagne ? »

Le pauvre Stephen crut un moment que le
hasard ou une bonne âme lui amenait un sauveur; que ce jeune homme, qui paraissait vouloir engager avec lui une conversation, lui donnerait naturellement une contenance, d'autant
qu'il portait l'uniforme de son frère.

Mais ce jeune homme ajouta : « C'est que,
si monsieur était quelquefois entré dans un
salon, il saurait qu'on ne mouche pas les
bougies. »

Stephen pâlit de colère; mais le jeune homme
avait fait une pirouette, et s'était confondu

parmi les danseurs. Néanmoins, Stephen le reconnut; c'était le cousin de Magdeleine, ce Schmidt aux cheveux blonds qui lui avait dans le temps fait passer une si mauvaise nuit.

Quand tout le monde fut retiré, le père de Stephen retint quelques parens, et devant eux dit à son fils :

« J'ai dépensé beaucoup d'argent pour vous, et vous n'en avez guère profité; je ne suppose pas que vous deveniez jamais un brillant sujet, et je ferais peut-être bien de vous abandonner à votre sotte présomption.

— « Sotte présomption! dit un oncle, c'est le mot.

— « Mais, dit le père, comme aux yeux du monde je suis responsable de votre conduite, je ne dois pas souffrir que vous preniez une route qui vous conduirait à quelque chose dont votre famille aurait peut-être à rougir un jour.

— « C'est juste, dit l'oncle.

— « C'est pourquoi, continua le père, je réclame l'obéissance que vous me devez, et j'exige que, sous quinze jours, vous soyez l'époux de la femme que je vous destine; c'est un mariage honorable et avantageux.

— « Et nous savons mieux que vous ce qui vous convient, ajouta l'oncle.

— « Et la jeune fille est très bien, dit une tante.

— « Sinon, dit le père, vous partirez, dès demain, pour Goëttingue, et vous ne me croasserez pas à l'oreille vos besoins ni des demandes d'argent; je ne veux plus entendre parler de vous, il y a trop long-temps que je cède à vos caprices.

— « Dites à ses folies, reprit la tante.

— « A ses sottises ! dit l'oncle; et d'ailleurs, quand on a deux bons bras, il est honteux d'être à charge à ses parens. »

Stephen n'était plus le jeune homme timide et embarrassé qui, une demi-heure auparavant, se troublait d'un regard.

Sa timidité l'avait indigné; il avait pensé que l'homme aimé de Magdeleine, l'homme qui sentait son cœur plein de pensées nobles et généreuses, ne devait baisser la tête devant personne.

Puis, les paroles sèches et dures de son père lui avaient fait mal; plus d'une fois une grosse larme avait roulé dans ses yeux; mais les corollaires que son oncle et sa tante croyaient devoir ajouter à la semonce paternelle le remplissaient d'indignation, et il n'était pas fâché de pouvoir rejeter sur eux le ressentiment que lui inspirait l'injustice de son père.

« Mon père, dit-il d'une voix calme, mais profonde et accentuée par l'émotion, mon enfance s'est écoulée loin de vous; confié à des mains étrangères, je n'ai pu prendre pour vous cette tendre et confiante affection que vos bontés et votre tendresse auraient sans doute fait naître en moi : mais je ne comprends de tendresse qu'en échange de la tendresse; et m'en avez-vous témoigné? Vous avez donné de l'argent pour ma nourriture; mais pouviez-vous faire autrement? et le respect humain vous laissait-il libre à cet égard? M'avez-vous jamais donné autre chose que de l'argent? Ai-je jamais reçu de vous ni caresses ni amitié? Ne m'avez-vous pas toujours traité comme un fardeau incommode? Cependant, il y avait dans mon cœur de l'amour pour vous; et souvent j'ai prié Dieu de vous faire connaître le cœur de votre fils. Souvent j'ai passé la nuit à pleurer en me voyant déshérité de votre tendresse; et c'est à ces tristes impressions que je dois cette nature sauvage et peu communicative qui, m'avez-vous dit plus d'une fois, vous éloigne de moi. Je vous respecte, mon père, et je vous remercie de ce que vous avez fait pour moi ; mais permettez-moi de ne pas suivre une ligne que tracent pour ma vie des hommes qui me connaissent si peu, et ne savent pas me comprendre. Cette tendresse que vous avez rejetée, je l'ai portée tout entière sur une chose noble et sainte, sur la liberté. La vie et l'univers sont ouverts devant moi, et j'y veux marcher libre comme le vent. Je ne réclame de vous aucun héritage, ni d'argent ni de réputation ; mais, en revanche, je ne veux pas vous payer la dîme de ma vie, et vous donner hypothèque sur elle : ma vie est à moi, j'en ferai ce que je voudrai.

— « Il est fou, dit l'oncle.

— « Non, monsieur, dit Stephen, en relevant fièrement la tête, et je vous dispense de mesurer mes actions ou mes paroles sur votre étroit jugement ; je ne veux pas avoir les charges d'une association dont je n'ai pas eu les bénéfices. Qu'avez-vous jamais été pour moi ? qu'avez-vous fait pour moi, si ce n'est de me souffleter quand j'étais enfant, et de m'insulter aujourd'hui ? Parce que vous êtes frère de mon père, est-ce à dire que vous avez des droits sur moi et sur ma vie? Par quelles tendresses, par quels soins les avez-vous achetés? Une fois pour toutes, je vous le déclare hautement, je n'aime que ceux qui m'aiment, et je foule aux pieds des affections de par la loi ou de par l'usage; je me ferai sans vous mon avenir, et je ne vous laisserai sur lui pas plus de droits que je n'en prétends sur le vôtre.

— « Monsieur, dit le père, sortez. »

Stephen sortit d'un pas rapide. Comme il tournait la rue sans trop savoir où il allait, il fut arrêté par un de ses parens, vieux garçon fort mal avec toute la famille, qui était sorti derrière lui sans qu'il s'en aperçût.

« Jeune homme, lui dit-il, vous avez quelque raison relativement à votre oncle; mais tout le monde vous donnera tort, et plus encore sur vos procédés envers votre père: vous verrez plus tard qu'il faut se soumettre aux lois et aux préjugés du monde, à moins de prendre un arc et une massue, et d'aller vous nourrir de chasse et de glands dans les forêts; et encore les glands sont amers et peu nourrissans, et l'on ne vous laissera pas chasser librement. Je ne veux pas vous imposer mes idées, vous y

viendrez de vous-même; il n'y a pas d'exemple
que l'expérience des autres ait servi à quelqu'un; l'expérience ne vient pas par héritage
ni à titre gratuit; et vous, ardent comme vous
paraissez l'être, vous la paierez plus cher
qu'un autre. Adieu, je désire que votre énergie soit bien employée. » Et il le quitta, en lui
laissant dans les mains une poignée d'or; et
Stephen le perdit de vue avant d'être revenu
de son étonnement.

XXXIII.

Celui qui chasse dans la plaine,
C'est le seigneur d'un grand palais ;
Si sa richesse était la mienne,
Oh ! que de choses je ferais !
D'abord à ma gente Marie
J'achèterais pour notre hymen
Une belle robe en soierie
Avec un bel anneau d'or fin.

Et puis, comme la châtelaine,
Elle aurait un voile flottant,
Et ses pieds raseraient la plaine
Dans des souliers de satin blanc.

. . . .
. . . .

Mais de loin, en blanche nuée,
A travers l'ombre, j'aperçoi
Monter lentement la fumée
Qui sort de mon rustique toit ;
Cette femme allongeant la tête,
Sur l'onde qui roule et s'enfuit,
C'est Marie ! elle est inquiète,
Bonne Marie ! ah ! me voici.

Au beau jour qu'avec tant de joie
Voit venir ton heureux amant,
Ta robe ne sera de soie,
Tu n'auras qu'un anneau d'argent ;
Ta taille souple et si jolie
Sous la toile paraîtra mieux ;
Sous un long voile en broderie,
On ne verrait pas tes yeux bleus.

Le Chant du Pécheur. (SCHILLER.)

L'ABANDON où se trouvait Stephen, repoussé
par sa famille, ne le découragea pas : il y a

cela de particulier aux âmes énergiques,
qu'elles se réveillent dans le danger, gran-
dissent devant les obstacles, quels qu'ils soient,
et éprouvent une jouissance indéfinissable à
se sentir fortes et prêtes à combattre.

La libéralité de ce parent, qu'il ne connaissait pas, l'avait fait riche; il était possesseur
de près de deux cents florins : néanmoins,
partant sans recommandations, sans connais-
sances, il pensa prudemment qu'il avait besoin de ménager son argent; et, sa valise sur
le dos, il partit à pied avant le jour. Il marchait faisant des projets. J'aurai une petite
place dans l'université; mon travail opiniâtre
m'en fera, en moins d'un an, obtenir une plus
lucrative, et Magdeleine sera à moi, car il ne
nous faut pas de richesses; Magdeleine n'est
pas coquette, et elle ne voudra être belle qu'à
mes yeux; et il faisait des calculs de ménage :
il faudra tant pour la location d'une petite
maison, tant pour notre table, tant pour nos
vêtemens, tant pour une servante, car Magdeleine est délicate, et elle ne peut se livrer à
tous les soins du ménage.

A ce moment le soleil se levait; Stephen
s'arrêta et se retourna; on voyait alors sortir

du brouillard la petite ville qu'il venait de quitter. Adieu, dit-il, parens qui m'avez rejeté; il n'y a plus dans mon cœur d'amour pour vous: Magdeleine! Magdeleine! tout est à toi, tout ce qu'il y a de tendresse dans le cœur d'un homme, tout ce qu'il divise entre ses amis et ses parens, tout est à toi! Magdeleine, tout, et je suis heureux de n'aimer que toi! je suis heureux de te donner toute mon âme et toute ma vie. Adieu, bel ange! attends-moi.

Et il continua sa route, tantôt à pied, tantôt, pour quelques pièces de monnaie, montant dans des fourgons, tantôt derrière les voitures publiques sans l'autorisation du conducteur.

Arrivé à Goëttingue, il alla trouver la seule personne qu'il connût dans la ville; c'était un vieux professeur dont il avait pris autrefois des leçons: celui-ci le reçut assez bien, et lui promit vaguement de s'occuper de lui. Stephen n'osa pas dire qu'il lui fallait une place de suite, et se retira; de temps à autre il retournait chez le vieux professeur, et osait à peine lui parler du but de sa visite.

Et que cette timidité n'étonne personne, elle est naturelle dans un esprit poétique, dans une imagination exaltée comme l'était celle de Stephen ; avec cette nature, il est plus facile souvent de marcher en souriant contre les coups de fusil, de franchir les plus horribles précipices, que de demander un petit service à un homme. On se trouve embarrassé comme l'eût été Hercule de lutter contre un Pygmée ; on a l'âme roidie contre un grand danger, contre un grand malheur ; on ne sait comment attaquer une contrariété.

Le temps se passait, et le vieux professeur disait toujours à Stephen : Je n'ai encore rien pour vous.

Malgré ce désappointement, Stephen se disait : Quoique prétende mon oncle, qu'*avec deux bons bras* un jeune homme ne doit manquer de rien, si je n'avais pas le bonheur de connaître ici ce vieil homme, il n'y a pas de raison pour que je trouve jamais une occupation, et *avec deux bons bras* je ne réussirais qu'à mourir de faim.

Me voilà seul, isolé, sans appui ; ceux qui m'ont rejeté avaient-ils le droit de me mettre au monde sans m'y avoir d'abord préparé ma place ? Le cygne n'a-t-il pas soin de placer son nid près d'une rivière ?

N'importe, finissait-il par dire, avec l'amour de Magdeleine je triompherai de tous les obstacles; j'ai les mêmes chances de succès que tous ceux qui m'entourent, et, de plus qu'eux tous, j'ai la force que me donne mon amour.

XXXIV.

Magdeleine à Stephen.

Il me semble, mon ami, qu'il y a un siècle que tu m'as quittée ; la campagne est encore belle ici ; le feuillage des cerisiers est rouge, ainsi que celui des vignes ; le soleil n'a pas perdu toute sa chaleur ; seulement le vent emporte à chaque instant quelques feuilles de nos tilleuls, qui seront bientôt chauves ; la nature a, en cette saison, toute la majesté du

jour au soleil couchant; moi seule je suis triste;
triste du temps passé loin de toi; triste aussi de
toutes ces longues journées que nous traîne-
rons encore séparés; toute mon âme est autour
de toi.

Il y a long-temps que je n'ai reçu de lettre,
mon Stephen; je garde toujours ta dernière
avec moi, c'est mon trésor.

O Stephen! ne t'habitue pas à vivre sans
moi;. j'ai besoin de toi, j'ai besoin de ta vie
pour alimenter la mienne; j'ai besoin de tout
ton amour en retour du mien.

Nous avons eu hier un orage épouvantable:
le tonnerre est tombé deux fois le matin, il a
tué un homme : j'éprouvais un sentiment bien
consolant en pensant que tu étais assez loin
de moi pour ne pas partager le danger que
nous courions, car l'orage était précisément
sur nos têtes.

Un horrible coup de tonnerre me réveilla
dans la nuit; Geneviève vint près de moi en
pleurant; je tâchais de la rassurer, mais j'étais
bien pâle : je me dis que si je mourais, tu ne
saurais pas que ma dernière pensée avait été
pour toi; je me levai, je me mis à écrire à
mon Stephen : je ne puis t'exprimer ce que

je ressentis en écrivant mes volontés, qui
pouvaient être les dernières que je formais;
j'éprouvais cependant un sentiment bien doux
en m'occupant de toi; en quittant la vie j'aurais emporté le bonheur d'avoir assuré ton
indépendance.

Après avoir fini ces dispositions que je lais-
sai sur ma table, j'ouvris une fenêtre; ma
respiration était oppressée; je ne pleurais pas,
je priais Dieu avec confiance de ne pas nous
séparer; je le suppliais de détourner de moi
son tonnerre, ou, si je mourais, de te consoler. Je passai ainsi une nuit bien pénible;
je ne voulus pas me coucher; je ne voulais
pas perdre un instant de ma vie, qui pouvait
être si courte; je voulais qu'ils fussent tous
à toi.

Je me remis au lit lorsque l'orage fut passé,
et je remerciai Dieu d'avoir eu pitié de nous;
et le lendemain je pleurai en lisant ce que
j'avais écrit la nuit, et en pensant à ce que tu
aurais éprouvé en le recevant. Dis-moi, mon
Stephen, mon fiancé, tu ne refuserais pas
mes dons si je mourais avant toi! tu ne voudrais pas me priver de la seule consolation
que je pourrais emporter!

Mais quelle folie de te parler de cela, aujourd'hui où le temps est serein, où tu penses à moi, où tu travailles pour notre bonheur !

Mon père est pour moi rempli de complaisances et de bontés ; il m'a fait arranger le petit salon, il est charmant ; que n'y es-tu près de moi ! As-tu des nouvelles de notre frère Eugène ? que je voudrais pouvoir l'assurer de mon amitié de sœur ! Dis-moi comment je puis lui faire parvenir une belle bourse que je lui ai brodée (car il faut qu'il me connaisse), et dans laquelle j'ai mis une faible partie de mes économies. Dis-lui bien que je suis sa sœur, et qu'il doit recevoir de bonne amitié ce petit présent.

Il y a aussi dans ma lettre un cadeau pour toi ; c'est une bague de mes cheveux.

A propos d'amitié, je veux t'en demander une petite part pour mon amie Suzanne ; elle la mérite ; elle est charmante : veux-tu l'aimer sur ma parole ?

C'est une fille bonne et spirituelle ; elle dessine bien, peint un peu, et est de première force au piano ; elle a une figure charmante et pleine de candeur ; je suis sûre qu'elle te plairait : elle est d'une blancheur éblouissante, et rougit à chaque instant; ses cheveux sont d'un beau blond cendré, et sa taille parfaite : elle a tous les goûts de la jeunesse ; un bal est pour elle le bonheur : elle aime bien tendrement ta Magdeleine.

Adieu, mon Stephen ; je n'ai plus de place que pour te dire que je t'aime.

XXXV.

Stephen à Magdeleine.

J'ai reçu deux lettres de toi, chère Magdeleine; l'une, où tu me demandes mon amitié pour ta Suzanne; l'autre, où tu me parles de la pluie qui t'a surprise tandis que tu allais porter à la poste la première lettre.

Je ne t'ai pas répondu plus tôt, parce que je n'ai rien de nouveau et rien de bon à t'apprendre : le sort ne me favorise pas; cependant je suis loin de me décourager; il faudra

bien qu'il cède à mon ardeur et à ma persévérance.

Oui, je l'aime, ta Suzanne; non parce qu'elle
dessine et joue du piano, non parce qu'elle
est d'une blancheur éblouissante, mais parce
qu'elle t'aime, parce qu'elle est aimée de toi.

Je l'aime, et je la remercie du fond de mon
cœur de ce que son amitié te donne de bonheur et de consolation.

Pauvre fille! tu me demandes si j'accepterais
tes dons, dans le cas où tu mourrais avant moi!
qu'en ferais-je? Eh! puis-je vivre sans toi? N'es-tu
pas mon âme et ma vie? Et qu'aurais-je à faire
ici sans toi, au milieu d'un monde auquel je
ne pourrais demander aucune affection, parce
que je t'ai tout donné, et que je n'aurais rien
à lui offrir en échange? Cette pensée est tellement enracinée en moi, que si l'idée que tu
peux m'oublier, que l'amour peut s'éteindre
dans ton cœur, vient quelquefois obscurcir
tristement ma vie, je ne suis nullement ému
de la pensée de ta mort, car je mourrais avec
toi, et nous irions nous réunir au sein de Dieu,
dans une vie meilleure, si elle existe; sinon,
nous serions anéantis ensemble, et ma seule
crainte serait de ne pas avoir ton dernier re-

gard ; de ne pas recueillir ton dernier soupir ; de ne pas mourir dans tes bras. Qui sait, Magdeleine, si ce n'est pas la seule union qui nous soit destinée !

Tu as été bien mouillée, cher ange, de cette pluie qui t'a surprise ! prends soin de ta santé, retarde plutôt d'un jour l'envoi de tes lettres, je t'en supplie.

J'ai écrit à Eugène pour lui annoncer ton présent : adresse-le lui au troisième régiment de chevau-légers ; la poste se chargera de le lui faire parvenir.

Adieu. Je t'envoie en échange de ta bague, que j'ai baisée mille fois, une bague semblable, faite de mes cheveux.

XXXVI.

Pour Stephen, l'hiver se passa tristement à Goëttingue; il voyait chaque jour se diminuer son petit pécule; chaque jour, il inventait de nouvelles économies, et la petite place qu'on lui avait promise n'arrivait pas.

Un jour, comme il revenait tristement de chez le vieux professeur, qui lui avait dit, comme de coutume, je n'ai encore rien pour vous, il rencontra un homme qui offrait aux passans des numéros pour la loterie.

Et Stephen admirait que d'autres hommes eussent la confiance d'acheter un moyen de faire fortune à un homme qui en profitait si peu pour lui-même, que ses habits étaient tout déguenillés. En passant près de lui, il répondit par un signe de tête négatif. « Monsieur, dit l'homme, achetez-moi ces numéros; c'est pour donner un morceau de pain à ma femme, à ma pauvre femme, qui n'a presque plus de lait pour son enfant. » Stephen lui donna une pièce de monnaie, et prit les numéros, qu'il roula entre ses doigts, et mit dans sa poche.

C'est horrible, dit-il, avoir une femme qu'il aime, peut-être comme j'aime Magdeleine, et la voir souffrir, souffrir de la faim! voir ses yeux se ternir et ses joues se creuser! Oh! non, non; car s'il l'aimait comme j'aime Magdeleine, il lui donnerait sa chair à manger et son sang à boire, où il n'attendrait pas de la pitié le pain pour elle; il le demanderait comme un droit, et il étranglerait de ses mains l'homme qui refuserait, pour lui prendre cet argent dont il serait si avare.

Oh! dit-il, si j'avais cette petite place, comme je travaillerais pour lui donner une

bonne et douce aisance, pour combler ses
moindres désirs !

Et il pensa que ce qu'il n'était pas sûr d'obtenir par le travail, la fatigue et la persévérance, il y avait des hommes qui y arrivaient par un coup du sort. Qui sait, dit-il, si ces numéros ne doivent pas sortir?

Il eut une véhémente envie de jouer à la loterie; mais il lui restait si peu d'argent qu'il n'osa pas risquer ainsi quatre florins.

Le lendemain, sur les quatre numéros, trois étaient sortis.

Il soupira, et dit : Oh ! je n'ai pas de bonheur.

En quoi il disait une sottise. Autant que l'homme qui prétend jouer à la roulette, d'après certains calculs; qui veut assigner au hasard une marche certaine, et lui prête de l'amour ou de la haine, de telle sorte que ce ne serait plus le hasard.

Et cette idée que l'on n'a pas de bonheur est non seulement sotte, mais nuisible, en cela qu'elle donne de la défiance de soi-même, ne permet d'agir qu'avec mollesse et découragement, et empêche réellement de réussir.

XXXVII.

Stephen à Magdeleine.

Je pars, Magdeleine; enfin le sort se déclare
en notre faveur; j'ai une place, une petite
place; les émolumens sont très modiques,
mais dans huit mois on m'a promis, d'une
manière certaine, que j'en aurais une beaucoup
plus avantageuse, et dont les honoraires s'élè-
veront à 1500 florins.

Dans huit mois, Magdeleine, dans huit mois, tu seras à moi; dans huit mois je te conduirai à l'église! cette place, je l'obtiendrai, car il ne faut pour l'obtenir que du zèle et du travail, et mes forces sont plus qu'humaines.

Je suis tout étourdi de bonheur; ce matin le vieux professeur, qui depuis si long-temps me disait chaque jour: Je n'ai encore rien pour vous, m'a dit, du même ton dont il donnait la mauvaise nouvelle: J'ai votre affaire, mais il faut partir demain matin.

Vois-tu, Magdeleine, il ne faut qu'avoir fait le premier pas dans les emplois de l'Université, et ensuite on gagne des grades. C'est une chose certaine : et moi qui ne croyais pas au bonheur! va revoir les endroits où je t'ai dit adieu, les endroits que je t'ai laissés si tristes, va les revoir, ils ne te diront rien que d'heureux; je les reverrai, j'y reviendrai; j'y reviendrai pour les revoir avec toi, pour ne plus te quitter; espère, Magdeleine, espère; notre avenir est dégagé des sombres vapeurs qui l'obscurcissaient.

Je me rapproche de toi, treize lieues seulement nous sépareront; je ne serai qu'à trois

lieues de la ville qu'habite ma famille et aussi
ton amie Suzanne; ce voyage va être heureux,
je me rapproche de toi, et j'ai dans les mains
notre avenir. Adieu, il faut que je fasse ma
valise ; je voudrais être parti et arrivé.

XXXVIII.

Installation.

Ma chambre a bien sept pieds de long sur
cinq de large ; on m'y a mis un lit de sangle,
une petite table, deux chaises, dont une à
dossier.

Par la fenêtre, qu'il faut ouvrir pour passer
les manches de mon habit, on voit de loin
d'affreux toits de tuile ; mais, en se penchant
un peu de côté, on aperçoit les cimes de deux

grands peupliers; quand ils auront repris leur feuillage, je les verrai se balancer au vent.

Mon logis est bien pauvre, mais il y a long-temps que je ne me suis senti si heureux; d'abord c'est la première fois que je suis chez moi, car ces misérables meubles, je les ai achetés, je les ai payés.

On ne comprend pas assez les douceurs de la maison, *du chez soi;* là on est à l'abri des regards de la méchanceté, là l'orgueil ne peut être froissé, et c'est le seul endroit où l'on ne *pose* pas; le seul où l'on ne soit pas en spectacle, où l'on n'ait plus besoin de paraître beau, de se conformer aux usages et aux exigences; le seul où l'on ne soit sous aucune influence, où l'on ose être soi, sans entraves et sans modifications, où l'on puisse lever un bras sans préméditation, sans avoir calculé l'effet défavorable que ce mouvement peut produire sur les autres.

Il faut que je mette dans mes dépenses la plus stricte économie; je ne suis pas riche, ma place ne me vaut que 30 florins par mois; mais dans huit mois, dans huit mois! Oh! à cette idée, tout mon corps frissonne, mon cœur se dilate délicieusement; dans huit mois, félicité du ciel, je serai riche! je partirai d'ici pour aller chercher Magdeleine.

Salut, mon petit logis, ma pauvre chambre, salut! tu es inauguré sous de bons auspices; les premières paroles que je prononce ici sont des paroles de bonheur et d'espérance.

Mes fonctions consistent à me trouver au collége à cinq heures du matin, et à y rester jusqu'à dix heures et demie du soir. J'ai commencé ce matin; je ne sais trop comment je saurai l'heure; il m'a semblé voir une église non loin d'ici, il doit y avoir une horloge; je vais me coucher. O Magdeleine, Magdeleine, viens embellir mes songes!

XXXIX.

Eugène à Stephen.

Je suis sous-officier, frère.

Hier, j'ai vu le feu pour la première fois.
Au premier coup de canon j'ai tremblé; tous
ceux qui m'entouraient n'étaient pas plus ras-
surés; mais dix minutes après, les trompettes,
les hennissemens des chevaux, l'odeur de la
poudre, nous avaient enivrés; on a commandé
une charge, il n'y avait plus devant mes yeux
ni danger, ni sabres, ni pistolets; je n'avais

plus qu'une volonté, c'était d'aller en avant; mon bon cheval volait, et c'est moi qui ai porté le premier coup de sabre.

Oh! alors, frère, j'avais la force de dix hommes; mon sabre était comme un glaive de feu.

A la nuit on a sonné la retraite. Je n'ai pas même été blessé. Je suis sous-officier.

Adieu, frère, il faut remonter à cheval.

Je n'aurais rien compris au beau cadeau que j'ai reçu, sans ta lettre que je n'ai eue que le lendemain. Merci à ma bonne sœur; quand je la verrai je serai officier.

XL.

Un Ami.

C'ÉTAIT un dimanche, un jour de repos; Stephen faisait son repas usité, un morceau de bœuf et une bouteille de petite bière.

On frappa à sa porte.

C'était Edward.

Ils s'embrassèrent.

« Hier, dit Edward, je me suis fâché avec

mon oncle, et je me suis mis en route pour
l'Amérique : j'ai déjà fait trois lieues, et je
crois que je n'irai pas plus loin. Cette brouille
ne peut pas durer bien long-temps, l'époque
de ma majorité approche. Mais pour attendre jusque-là il faut que j'aie recours à ton
amitié ; ce qui m'a empêché de continuer ma
route jusqu'en Amérique, c'est que je suis
parti avec trente florins, et qu'il ne m'en reste
pas dix : je viens partager ton modeste asile,
manger avec toi le pain de l'amitié ; en un
mot, te demander l'hospitalité complète. »

« Mon pauvre Edward, dit Stephen, je t'offre
de bon cœur la moitié de ce que je possède,
mais ce sera bien peu de chose ; je ne gagne
que trente florins par mois ; nous partagerons
et nous nous arrangerons de notre mieux, si
tu as le courage de te soumettre à une vie de
privations. »

« Je suis pire que les Spartiates, j'assaison-
nerai nos repas de gaieté et d'insouciance ;
avec cela on peut se griser avec de l'eau pure,
et puis ce n'est pas pour long-temps. Ainsi,
tu consens ; je suis ton hôte et ton commen-
sal ; donc j'emménage. »

Il tira de sa poche trois chemises ; et du fond

de son chapeau, des bas et des mouchoirs bro-
dés et parfumés.

« Il manque bien des choses à notre ménage,
dit-il, je vais faire des emplettes; » et il sortit.

Resté seul, Stephen songea qu'il lui fallait
prodigieusement restreindre ses dépenses déjà
fort modiques; et, après avoir calculé et sup-
puté, il vit que l'ordinaire ne pourrait se com-
poser que de deux repas, des pommes de terre
et du lait, attendu que la viande était trop
chère; qu'il faudrait faire la cuisine et aller
chercher l'eau soi-même à la fontaine, et manger du pain noir, et supprimer la bouteille
de bière du dimanche.

Que par ce moyen on établirait juste la balance entre la recette et la dépense, et que l'on
vivrait tant bien que mal jusqu'au moment
où Edward rentrerait en grâce auprès de son
oncle, ou aurait atteint sa majorité.

Quand Edward rentra, il apportait un miroir et de la bougie, parce qu'il ne pouvait
supporter l'odeur du suif, et trois bouteilles
de vin du Rhin.

« Edward, dit Stephen, je vois que tu n'es
pas de première force sur l'économie domestique; au train que tu prends, nos revenus

nous donneraient à manger pendant les huit premiers jours de chaque mois, et il faudrait jeûner pendant trois semaines. Nous n'avons à dépenser qu'un florin par jour, et encore il faut prélever chaque mois cinq florins pour le loyer de la chambre. »

« Diable, dit Edward, il serait bien plus commode d'avoir une maison à soi ! il paraît décidément que nous ne sommes pas riches : mais puisque le vin est tiré, il faudra bien le boire. Aujourd'hui, d'abord, il nous faut planter la crémaillère. »

Stephen fit part à Edward des plans qu'il avait faits pour leur ordinaire. — « Allons, allons, c'est égal, dit le nouveau venu. A la grâce de Dieu ! le hasard est là qui prendra soin de nous. »

Et ils passèrent le reste du jour à faire leurs dispositions et à raconter des histoires d'enfance. La gaieté d'Edward était communicative, et à onze heures on les eût tous deux entendus rire aux éclats. Enfin, ils se couchèrent, et le lendemain, avant le jour, Stephen partit pour le collége, après avoir chargé Edward de faire la cuisine.

XLI.

. . . .
. . . .
. . . .

LÉON GATAYES. [1]

COMME le soin du ménage était confié à Edward, c'était lui qui allait chercher l'eau à la fontaine, qui faisait cuire les pommes de terre et balayait la chambre; mais il avait

[1] M. Léon Gatayes nous avait promis une épigraphe, et ne nous l'a pas donnée; au moment où nous mettons sous presse il est parti à cheval pour Vincennes. Nous désirons qu'il ne lui arrive pas, comme à nous hier, de rouler avec son cheval dans les fossés. (*Note de l'Auteur.*)

1. 12

aussi le maniement des fonds; et des innova-
tions qu'il se permettait dans la cuisine, le
fourneau qu'il cassa deux fois et qu'il fallut
deux fois remplacer, un carreau qu'il brisa en
éclats, exagéraient singulièrement les dépenses;
aussi, quand approcha la fin du mois, la nourriture se trouva un problème et une solution
à trouver.

«Il paraît, dit en riant Stephen, que tu
brises tout.

— «J'ai cassé un mauvais carreau ce matin;
mais, à l'avenir, il faut que nous ayons chacun
notre appartement séparé (et avec de la craie
il divisa la chambre en deux parties): toi tu
demeureras du côté de la fenêtre; on mettra
dans ta chambre la cruche à l'eau, le fourneau
et tout ce qui peut être brisé; seulement le
fourneau devra être sur la limite pour que je
puisse remplir mes fonctions de cuisinier.»
Pendant ce temps, Stephen écrivait, et ne s'occupait pas des travaux de son hôte.

«Mon tyran d'oncle ne m'écrit pas, ajouta-
t-il, je lui ai pourtant envoyé mon adresse, et
je ne lui ai pas dissimulé ma situation; et, avec
cela, qu'il n'y a plus d'argent à la caisse, et
qu'il faut vivre encore cinq jours.

« Dis donc, Stephen ?

— « Hein !

— « Est-ce que tu tiens beaucoup à avoir la tête haute la nuit ?

— « Non ; pourquoi ?

— « Peu de chose, c'est que ce traversin n'est vraiment bon qu'à couvrir nos habits de duvet, qu'il faut ensuite les brosser pendant deux heures, que cela les use, et qu'il n'est pas probable que d'ici à quelque temps nous ayons les moyens de les renouveler. Il faut vendre le traversin, qu'en dis-tu ?

— « Fais ce que tu voudras.

— « Dis donc, Stephen ?

— « Hein !

— « Regarde donc encore ce bois de lit ; puisque nous couchons par terre, pourquoi ce luxe inutile ? Il faut vendre le bois de lit, et puis ces embauchoirs de bottes. Quelle vanité d'avoir des embauchoirs quand on n'a pas de bottes ! est-ce que tu as des bottes, toi ? Il faut faire cuire les pommes de terre avec les embauchoirs. »

Et il sortit laissant Stephen préoccupé de sa lettre, puis, il amena un homme auquel il vendit le traversin et le bois de lit.

Le marchand demanda s'il fallait aussi emporter la couverture et le matelas.

« Dis donc, Stephen ?

— « Hein !

— « Est-ce que tu ne trouves pas ridicule d'avoir une grosse et pesante couverture de laine dans cette saison, à la fin du mois d'avril ? Marchand, emportez la couverture.

« Pour le matelas, tu es trop sybarite pour coucher sur la dure ; nous garderons ce matelas, quoique deux bottes de paille bien fraîche soient un lit aussi bon qu'on le peut désirer.

— « Vous n'avez pas de ferraille, de verre cassé ? dit le marchand.

— « Si fait bien, » dit Edward. Et il ôta la serrure de la petite table : « Voilà de la ferraille. » Et il prit dans un coin les débris du carreau qu'il avait brisé le matin : « Voilà du verre cassé. »

« Dis donc, Stephen, il me vient une idée.

— « Voyons ton idée.

— « Nous sommes en plein printemps ; comme tu le disais hier en rentrant, *le vent fait voler les fleurs des amandiers ;* si nous cassions les carreaux pour les vendre comme verre cassé. »

Stephen combattit cette dernière idée, qui ne fut pas mise à exécution. Quand le marchand fut parti. Eh bien, Stephen! nous voilà riches jusqu'à la fin du mois, et de plus nous avons l'avantage de ne plus avoir de meubles.

— « Est-ce un avantage? dit Stephen.

— «Oui; et si tu veux je te le démontrerai.

— « Quand j'aurai fini ma lettre.»

XLII.

Où l'on démontre l'avantage de ne pas avoir de meubles.

« Écoute bien, dit Edward ; et surtout ne t'avise pas de m'interrompre, car tu me ferais perdre le fil de mon raisonnement. Autrefois, quand les hommes vivaient trois cents ans et plus, et avaient huit pieds de haut.

— « *Avocat, passez au déluge*, le pied n'avait alors que six pouces.

— « J'ai prié l'assistance de ne me pas interrompre : Quand les hommes vivaient trois cents ans, ils demeuraient sous le ciel, sur les arbres, comme disent les vieux livres.....

— « Il faut croire que l'on n'avait pas encore inventé la pluie.....

— « Silence ! Je ne suivrai point l'espèce humaine pas à pas dans ses dégradations et dans sa dégénération, les nuances ne paraîtraient pas assez tranchées. Des patriarches je passe à l'empire romain. Virgile dit en parlant de Turnus : il enleva sans effort une pierre que douze hommes *de nos jours* ne pourraient soulever. Il est clair que nos anciens barons allemands étaient moins robustes que les Romains, et que nous, aujourd'hui, nous ne pourrions porter ni les armes ni les cuirasses desdits barons; et remarque attentivement que cette dégénération n'a pas pesé seulement sur la force physique, mais aussi et par contrecoup, non seulement sur l'énergie morale; car il n'y a pas d'exemple que de notre temps on ait voulu élever une tour jusqu'au ciel, ni qu'on se soit précipité dans un gouffre pour sauver sa patrie, mais encore sur la bonté et sur toutes les plus douces et les meilleures qua-

lités du cœur et de l'esprit. Les gros et vigoureux chiens mordent moins que les petits ; la force se confie en elle-même, ne
craint pas, et, par conséquent, ne hait pas.
On ne hait que ceux qui peuvent faire du
mal ; la faiblesse, au contraire, ne voyant
autour d'elle que des ennemis qui peuvent
l'opprimer est naturellement haineuse et mé-
chante.

— « Je ne vois pas où tu veux en venir,
dit Stephen ; et toi ?

— « Écoute toujours.

— « Cette dégénération physique et morale
est bien évidente : les patriarches rapportaient
tout à Dieu ; les Romains, déjà dégénérés,
agissaient pour la patrie ; les barons féodaux,
pour leur dame et leur castel ; et aujourd'hui,
toi, pour ta place de trente florins, et moi,
pour la moitié de tes trente florins. Tu vois
que le but de la vie a toujours été se rétrécis-
sant et se resserrant ; or, la cause, la voici :

Felix qui potuit rerum cognoscere causas !

— « Malheureux, dit Stephen, celui qui est
forcé de les entendre déduire si longuement ! »

Edward ne daigna pas répondre et con-

tinua : « Nous avons observé que les patriarches vivaient au grand air; observons que les
Romains dans des palais, les barons dans des
châteaux, et nous deux dans une chambre de
cinq pieds carrés. Il est très patent que l'homme
a besoin d'air comme les végétaux, et que dans
nos demeures, l'air trop rarement renouvelé,
chargé d'azote et de vapeurs méphytiques, ne
nous laisse ni croître ni enforcir, et que l'âme
ne peut s'étendre ni grandir dans des corps
rabougris et malingres.

— « Après, dit Stephen.

— « Après : il est hors de doute que plus
cette chambre sera encombrée de meubles,
plus elle sera petite, plus l'inconvénient que
je viens de signaler sera grand. Il est clair
qu'en nous débarrassant de notre mobilier, j'ai
agrandi la chambre et diminué l'inconvénient;
et enfin que, n'ayant plus de meubles, nous
en serons plus vigoureux et moins méchans.

— « En serons-nous moins fous? dit Stephen.

— « Ce serait un malheur; dit Edward; que
ferions-nous de la sagesse? La sagesse est une
qualité négative; c'est la richesse de l'homme
qui ne peut plus être fou.... Comme la vertu
appartient à celui qui n'a pas encore pu ou

qui ne peut plus être vicieux. La vertu et la sagesse sont deux infirmités.

— « Quoique nous n'ayons plus de meubles, dit Stephen, j'ai prodigieusement mal aux dents, et aussitôt que j'aurai fini mon mois, je prélèverai les honoraires du dentiste pour m'en faire arracher une : je ne peux rien faire depuis deux jours à cause de cette misérable dent.

— « Tu es prodigue, dit Edward, et peu confiant dans mon amitié! Que ne me disais-tu : Edward, fais-moi le plaisir de m'arracher une dent : il n'y a rien de si simple. Je vais te l'arracher.

— « Tu vas faire une maladresse, et tu ne réussiras pas.

— « Fût-elle au fond du cerveau j'irai la chercher.

— « C'est rassurant. »

Edward força Stephen de lui livrer sa mâchoire, et le tenailla horriblement. Stephen ne pouvait, malgré la torture, s'empêcher de rire du sérieux et de l'aplomb de l'opérateur. Enfin la dent fut enlevée avec un petit morceau de la gencive. « Sans douleur! » s'écria Edward.

« Vois-tu, dit-il à Stephen, voilà une notable

économie, d'autant qu'avec le premier argent
que nous aurons il faudra que j'achète un
chien.

— « Que diable veux-tu faire d'un chien ?

— « C'est un plan trop au-dessus de ta portée : tu verras plus tard. »

XLIII.

Dilapidation des deniers.

Il n'y avait plus en caisse qu'un seul florin, quoique Stephen eût lui-même veillé à toutes les dépenses avec la plus stricte économie.

« J'aurai de l'argent à l'heure du dîner, dit-il en partant le matin : c'est aujourd'hui le dernier jour du mois. »

Mais il se trouva que ce n'était que le 29 de mai, et qu'il fallut attendre au lendemain. C'est fâcheux, se dit Stephen ; mais le peu d'argent qui nous reste nous suffira, et il calcula rigoureusement pour le dîner et le déjeuner du lendemain. Arrivé, il monta lentement : il n'aurait pas voulu, pour tout au monde, que son hôte l'entendît, et crût qu'il revenait avec de l'argent. Il entra en tournant doucement la clef; il trouva Edward debout, devant le petit miroir, passant ses doigts dans ses cheveux, et se mirant avec complaisance.

« Edward, dit-il, je n'ai pas d'argent : ce n'est aujourd'hui que le 29.

— « Ah! ah! dit Edward avec distraction, et il continua à se contempler.

— « Il faudra, continua Stephen, faire maigre chère. »

Edward ne se dérangeait pas, et fredonnait.

« Edward, dit Stephen, prends l'argent qui nous reste et va acheter à dîner.

— « Il n'y a plus d'argent, dit froidement Edward; j'ai fait venir un coiffeur pour me friser les cheveux. »

Stephen, anéanti, le regarda, puis partit d'un grand éclat de rire. « Allons, nous ne dînerons pas! »

Et le lendemain, à l'heure du déjeuner.

« C'est pourtant pour ne pas avoir déjeuné,

comme aujourd'hui, dit Edward, que j'ai été
forcé de me mettre en route pour l'Amérique.
En bonne morale, le déjeuner devrait être la
première action de la journée ; car c'est lui
qui détermine notre joie ou notre tristesse,
les roses ou la pâleur de nos joues, notre
bonne humeur ou notre morosité pour tout
le jour. Il y a des gens qui déjeunent bien ;
ces gens sont aimans, gais, paresseux ; en un
mot, ont toutes les qualités de l'honnête
homme. Il y a des gens qui déjeunent mal,
il y en a même qui ne déjeunent pas du tout ;
tant pis pour eux et pour les autres ; évitez-les,
ils sont querelleurs et hargneux ; ils vous re-
gardent comme si votre déjeuner avait été
pris aux dépens du leur.

— « Personne ne pourrait nous faire ce reproche aujourd'hui.

— « C'est vrai. Voici ce qui m'a fâché avec mon
oncle : j'avais été invité à déjeuner ; l'invitation datait de quinze jours, mais je n'avais eu
garde de l'oublier. Au jour indiqué, je mis le
pantalon, l'habit et le gilet noirs, et la cravate
blanche, comme il convient à un homme qui
va déjeuner en ville. C'était, comme aujour-
d'hui, le dernier jour du mois, et, comme

aujourd'hui, je n'avais pas d'argent. J'arrivai, on me reçut fort bien ; on était à table. L'agréable surprise ! me dit-on ; certes, nous n'osions pas espérer.... Qui peut vous amener si matin dans notre quartier? Je frissonnai; je jetai un regard sur la table, il n'y avait que deux couverts, le mari et la femme; on avait oublié l'invitation. Voulez-vous prendre quelque chose? me dit le mari. J'étais tellement étonné, abasourdi, écrasé, que je refusai; et puis l'idée de prendre quelque chose était si rétrécie pour l'homme qui avait rêvé un excellent déjeuner! Allons, dit-on, un verre de vin. Je remerciai; enfin l'on insista tant, que je fus forcé d'accepter une tasse de thé. J'étais furieux; je prétextai une affaire, et je m'enfuis pour rentrer déjeuner chez mon oncle. Je le rencontrai en sortant de la maison maudite. Parbleu! dis-je, mon cher oncle, vous seriez bien aimable de m'avancer quelque argent sur le mois que je dois toucher demain. Ce qui fâcha singulièrement mon oncle, lequel me fit un long sermon sur mon inconduite; je mourais de faim, je rétorquai ses argumens. Mon oncle m'expliqua comme quoi la morale est le trésor le plus précieux. Il s'adressait mal à

moi, qui aurais, en ce moment, donné tout
ce que je possède de morale pour une côte-
lette de mouton. Je répliquai avec toute l'aigreur d'un estomac creux; il me répondit avec
toute l'insensibilité d'un oncle bien repu. Et
huit jours après je partis pour l'Amérique. Tu
sais le reste.

— « Mais, dit Stephen, pourquoi t'es-tu fait
friser les cheveux hier ?

— « Cela tient au plan dont je t'ai parlé.

« Il est bien bizarre, ajouta Edward, que
n'ayant ni dîné hier ni déjeuné ce matin, nous
ne soyons ni tristes, ni hargneux, ni décou-
ragés.

— « Le malheur est lourd seulement quand
on le porte seul ; la douleur partagée avec un
ami n'est pas une douleur, elle a quelque
chose de voluptueux pour le cœur ; elle rapproche deux amis, par cela même qu'elle isole
des autres hommes.

« Quand on est heureux, il semble que l'on en
soit fier; que le bonheur n'est pas jeté au hasard, mais que le choix que la fortune fait de
vous pour vous caresser est une preuve et un
témoignage de votre mérite; vous voulez faire
confidence de votre félicité à tout le monde,

vous l'affichez sur votre face, et vous semblez réclamer comme un droit l'amitié et la vénération, en votre qualité d'élu de Dieu, qui vous grandit et vous approche de lui par ses faveurs, par ses marques d'affection, comme fait un prince pour ses favoris ; et vous êtes certain que personne ne refusera d'entrer en partage de vos joies et de vos délices.

« Mais si vous êtes malheureux, vous sentez que les arrêts de la fortune sont sans appel aux hommes ; que les heureux persuaderont aux autres et se persuaderont à eux-mêmes que le sort qui vous frappe est juste ; car si l'on mettait en doute la justice du châtiment ce serait mettre en doute l'équité des caresses. Vous comprenez que les heureux accueilleront mal vos plaintes, comme le légataire universel celles du fils déshérité.

« Et pourtant il faut vous plaindre à quelqu'un ; car la douleur qui reste emprisonnée dans le cœur le ronge et le dévore.

« Il vous faut chercher un homme qui puisse s'affliger de votre affliction, qui veuille prendre une part de votre douleur pour vous diminuer le fardeau.

« Et celui-là seul y consentira, qui tiendra

I. 13

pour certain qu'à votre tour, quand il en aura besoin, il trouvera en vous ce que vous trouverez en lui.

« L'amitié est une convention tacite de porter les maux à deux pour qu'ils soient moins lourds.

« Aussi, je ne sais aucun gré à l'homme qui se rapproche de moi quand il est heureux ; qui m'invite à assister au festin de bonheur que lui sert la fortune: ce sont les miettes de sa table qu'il me jette, ce sont les miettes de gâteau que jette aux oiseaux l'enfant bien repu ; et il lui importe peu que j'aie dans le cœur de la bonté et de l'énergie, de la délicatesse et de la sensibilité ; il n'a pas besoin de tout cela : il ne veut pas enlacer sa vie avec la mienne ; il se sent assez fort pour marcher seul ; il ne cherche qu'un convive qui admire l'ordonnance du festin et vante les vins et les mets.

« Mais celui qui, dans le malheur, cherche ma poitrine pour y appuyer sa tête, fatiguée de pleurer ; celui-là m'a choisi, celui-là a sondé mon cœur, et y a trouvé de la sensibilité pour pleurer avec lui, de l'énergie pour le soutenir, de la délicatesse pour panser sa blessure sans déchirer la plaie.

«Celui-là, je l'aime comme on aime l'homme avec lequel on a vécu dès l'enfance ; l'homme qui connaît votre âme, et sait voir ce qu'il y a en vous de bon et d'honnête à travers le masque que le monde vous impose.

—« Tu as raison, dit Edward ; car c'est toi que je suis venu trouver et aucun de mes compagnons de plaisirs.

—« Ami, dit Stephen, je t'en remercie ; l'amitié est un bonheur émané de Dieu ; c'est une sainte et bonne chose », et ils se prirent la main et s'embrassèrent avec effusion.

XLIV.

Séduction.

Quand Stephen eut reçu les honoraires de
son mois, Edward acheta un gros chien. Un
jour Stephen en rentrant trouva Edward ren-
fermé avec son chien et un autre petit.

« Est-ce que tu as encore acheté un chien ?
dit Stephen.

— « Non, c'est celui de la voisine : ce que tu vois est une répétition ; je profite des momens où elle est sortie pour prendre son épagneul chéri. Tiens, regarde un peu. »

Et maintenant le gros chien d'une main il excitait le petit à le mordre. Tout beau, Fox ! disait-il au gros chien, et la pauvre bête se laissait mordre tout en grommelant ; mais sitôt qu'Edward tournait la tête, les yeux de Fox flamboyaient, et si on l'eût laissé faire il aurait étranglé l'épagneul.

« Ils vont bien, n'est-ce pas ? qu'en dis-tu ?

— « Je dis que je ne comprends pas ce que tu veux faire.

— « Tu n'as pas encore besoin de comprendre ; mais penses-tu que Fox, libre, sautera sur l'épagneul la première fois qu'il le rencontrera ?

— « Sans doute.

— « Alors je vais mettre immédiatement mon plan à exécution.

— « Puis-je assister ?

— « Non ; je te raconterai après l'événement. »

Edward délivra le petit chien, et sortit tenant Fox en laisse ; une demi-heure après,

à l'étage au-dessous, Stephen entendit les cris
confondus d'une étrange et horrible manière,
de Fox, d'Edward, de l'épagneul et d'une
femme, à tel point qu'il allait descendre
lorsqu'il n'entendit plus que la voix d'Edward, accompagnée d'un sourd grognement
de Fox.

Stephen avança sur le palier et écouta.

« Non, madame, disait Edward, je ne garderai pas cette vilaine bête : pauvre petit épagneul ! il est encore tout tremblant; je n'aurais
jamais cru ce Fox si méchant. Je m'en déferai
dès aujourd'hui : je ne pourrais jamais lui
pardonner de vous avoir fait peur : vous êtes
encore pâle. » Et Fox jeta alors des cris plaintifs.

— « Je vous en prie, monsieur, ne le battez
pas », disait une voix de femme; puis on n'entendit plus qu'un échange de politesses comme
entre gens qui se quittent.

Long-temps après, Edward remonta : « J'ai
donné Fox à un boucher, dit-il; mon plan
va à merveille : les acteurs ont joué d'une
manière surprenante. »

Stephen demanda des détails.

« Notre voisine a de beaux yeux bleus, des
cheveux blonds fins comme de la soie, une

taille de nymphe, et une main charmante ; tu n'en sauras pas davantage. »

Le matin, Stephen allait s'habiller : « Attends, dit Edward, mets mon habit et laisse-moi le tien ; le tien est meilleur, et j'ai une visite à faire chez une dame.

— «Tu connais des dames dans cette ville ?

— « Oui ; laisse-moi aussi ton gilet. »

XLV.

« Où es-tu donc allé hier ? demanda Stephen.

— « M'informer de la santé de notre charmante voisine ; elle a été fort sensible à l'ex-
pulsion de Fox. Nous sommes invités à passer
la soirée chez elle après-demain.

— « Je n'irai pas.

— « Il faudra bien que tu viennes ; j'ai dit
que nous sommes deux jeunes gens de famille ;
j'ai laissé un voile mystérieux sur notre origine, elle nous croit nobles : nous voyageons

incognito, et nous séjournons quelque temps
dans chaque ville pour étudier les mœurs des
habitans; nous serions partis depuis long-
temps si sa vue ne m'avait retenu.

— « Elle a souffert ton impertinence ?

— « Si bien que nous sommes invités pour
après-demain à jouer une partie de whist; elle
aura son vieil oncle avec qui elle demeure, et
deux ou trois dames.

— « Je n'irai pas.

— « J'ai promis.

— « C'est égal.

— « Alors, va remercier.

— « Non.

— « J'irai demain, ce sera un prétexte.

— « J'admire la facilité de cette dame.

— « Il y a long-temps que nous nous ren-
contrions dans l'escalier : elle est veuve et très
passionnée pour la musique; j'ai dit que tu
es musicien.

— « Quelle folie !

— « J'ai vanté ton talent, elle désire t'entendre; mais tu me feras l'amitié d'être en-
rhumé ?

— « C'est inutile, puisque je n'y vais pas.

— « J'oubliais; alors ce sera très bien : il y

a une dame avec laquelle tu dois chanter un
duo italien ; j'ai dit que tu chantes admira-
blement l'italien.

— « Je n'ai jamais essayé.

— « Oui; mais j'avais prémédité ton rhume;
tu ne viens pas : encore mieux. La dame sera
désespérée de ne pouvoir chanter son duo, je
m'offrirai modestement, en avertissant que je
ne chante pas; et comme ce duo que j'ai proposé est un morceau que j'ai étudié six mois,
j'aurai le plus grand succès. Il faut que j'achète
des bas de soie.

— « Mais nous n'aurons plus d'argent pour
la nourriture.

— « Tais-toi donc ; et le hasard: il ne nous
abandonnera pas ; et puis nous vendrons les
meubles.

— « Il n'y a à cela qu'un inconvénient, c'est
que nous n'avons plus de meubles.

— « C'est juste ; mais nous avons toujours
le hasard. »

Le lendemain Edward remonta triomphant.

« Je dîne en ville.

— « Où ?

— « Chez la voisine ; j'ai vu l'oncle, je l'ai
séduit. Il m'a parlé d'une bataille dont je ne

me rappelle plus le nom ; j'ai dit que tu y
as perdu ton père : c'est un vieux soldat ;
nous avons trinqué ensemble ; il m'a chanté
une vieille chanson de caserne que j'ai en-
tendue je ne sais où ; je lui ai chanté le second couplet, en lui disant que j'avais été
bercé avec.

— « Où cela te mènera-t-il ?

— « A faire un excellent dîner, et à quelque
chose de mieux : la voisine baisse les yeux
quand je la regarde, et elle a paru enchantée
de l'invitation de son oncle. Si tu veux, tu
peux aussi t'arranger ; elle a une servante bien
jolie ; sa chambre est à côté de la nôtre. Tu
as là une bague de cheveux bien inutile,
prête-la-moi.

— « Pourquoi faire ?

— « Pour que la voisine la remarque, et
quand le moment sera venu je lui en ferai le
sacrifice.

— « Que deviendra la bague ?

— « Elle lui sera livrée, ou jetée au feu, ou
foulée aux pieds.

— « Je garde ma bague.

— « C'est dommage, cela aurait très bien
fait : alors je vais aller en acheter une.

— « Où prendras-tu de l'argent ?

— « Tu as raison : il faut renoncer à ce moyen.

— « Tu as une manie d'acheter bien bizarre ; tu as voulu acheter aujourd'hui deux chevaux gris et une voiture, une maison et un jardin, des bas de soie et une bague ; je gage qu'il y en aurait pour plus de cent mille francs.

— « Les désirs sont la richesse du pauvre, et ne ruinent que les riches. »

XLVI.

Une Nuit.

CHAQUE soir, Edward allait chez la voisine. L'oncle ne pouvait plus se passer de lui : il y dînait fort souvent, mais ce n'était pas une économie pour la société, parce qu'il lui fallait souvent des gants neufs, et qu'il salissait une cravate tous les jours. Jamais les deux amis n'avaient été aussi gais. Stephen écrivait souvent à Magdeleine, et elle lui répondait régulièrement : sa pauvreté n'était rien pour lui. Chaque jour rapprochait le terme de ses

vœux, et l'estime qu'on lui témoignait au
collége lui était un sûr garant qu'il obtiendrait
la place qui lui avait été promise.

Un dimanche Edward dînait chez la voisine;
il était heureux et pétillant, son aveu avait été
reçu favorablement; il avait promis le mariage
aussitôt son retour dans sa famille. « Elle n'en
croit pas un mot, dit-il à Stephen; mais il faut
lui donner, à ses propres yeux, un prétexte
suffisant pour céder »; plusieurs baisers avaient
été dérobés, un même avait été quasiment
rendu.

Ce jour-là Stephen alla se promener dans
la campagne sur le bord de la rivière; il avait
fait connaissance avec un marinier, brave
homme, père de famille, laborieux.

Ce pêcheur le tenait en haute estime à cause
de son habileté comme nageur et comme batelier; aussi, très souvent, leur arrivait-il
d'aller ensemble relever les filets; et Stephen
dînait avec eux, en payant son écot pour ne
pas être à charge à ces bonnes gens; après le
dîner on buvait un verre de vin; Stephen
épuisait son répertoire de chansons et dessi-
nait des images pour les enfans. Du plus loin
qu'on l'apercevait, les enfans le hêlaient, cou-

raient au-devant de lui et le tiraient par ses
habits pour l'amener plus vite; il serrait la
main du pêcheur, et celui-ci lui prêtait un
bateau quand il voulait s'aller promener seul.
«M. Stephen, lui disait-il quelquefois, si vous
passez du côté du moulin, vous relèverez les
nasses et vous rapporterez le poisson. »

Ce jour-là, après le dîner, le soleil se cou-
chait dans des nuages de feu et de pourpre;
plusieurs personnes se présentèrent pour passer l'eau et s'aller promener sous une allée
de peupliers et de saules qui longeaient la
rivière. «Cela se trouve mal aujourd'hui, dit
Fritz; je voulais raccommoder un filet que
les pierres m'ont rompu.

— « Raccommodez votre filet, Fritz, dit
Stephen; je passerai de ce côté ceux qui se pré-
senteront. » Il ôta son habit et son chapeau et
prit les avirons. Il allait chercher les passagers
et recevait la rétribution pour Fritz. Il advint
que Edward, voyant qu'on proposait de jouer
aux cartes, et se trouvant fort embarrassé à
cause qu'il n'avait pas d'argent, avait proposé
une promenade au bord de l'eau.

Il appela : Ohé! batelier ! la nacelle !
Stephen arriva.

Edward se prit à rire, et le présenta à la veuve; l'oncle avait craint la fraîcheur. Ils étaient accompagnés de la jeune servante, qui était réellement fort belle.

A ce moment la lune large et rouge sortait d'une masse de nuages blancs.

«Fritz, dit Stephen, voici l'argent des passagers. Il ne viendra plus personne; voulez-vous me permettre de faire une promenade avec votre bateau?

— « Comment donc, M. Stephen ! est-ce que mon bateau n'est pas toujours à votre service.

— « Monsieur, dit la veuve, je crains horriblement l'eau. Savez-vous conduire le bateau ? »

Fritz rit d'un gros rire; il ne comprenait pas qu'on parût révoquer en doute l'habileté de Stephen. « Allez, allez, ma petite dame, sur mon honneur, vous n'aurez jamais été mieux conduite ni plus vigoureusement. M. Stephen a des poignets qui ne le cèdent pas à ceux de nos plus robustes bateliers. — M. Stephen, si vous rentrez tard, vous amarrerez le bateau de l'autre côté. »

Et le bateau glissa lentement sur l'eau.

Après un long silence, Stephen oubliant

qu'il n'était pas seul , se prit à chanter selon
sa coutume.

Il chantait assez mal , mais sa voix, pleine
et forte et très accentuée, produisait un effet
prodigieux au milieu de cette belle nuit si
calme ; le vent un peu frais faisait frémir le
feuillage , et les gros nuages couraient sur
le ciel , voilant quelquefois la lune , qui paraissait marcher au travers , et sortir majes-
tueuse et triomphante.

Elle donnait en plein sur Stephen.

Sa figure, qui n'avait rien de bien remarquable, si ce n'est une physionomie très pro-
noncée et des traits irréguliers et vigoureusement dessinés; sous ce costume, un pantalon et une chemise, le col libre , la tête
nue et les cheveux au vent ; sa figure avait
quelque chose de poétique et d'entraînant;
son regard expressif était levé au ciel, et sa
voix communiquait les sensations qu'il ressentait et faisait vibrer le cœur.

Edward et la veuve faisaient peu d'attention
à lui ; mais la jeune servante le regardait, et
retenait son haleine pour l'entendre.

Car en ce moment il était beau ; sa physionomie , qui , dans un salon , avait quelque

chose d'étrange et de disparate, était en hár-
monie avec la noblesse et la grandeur de la
nature qui l'entourait, d'autant qu'elle n'était
pas, comme de coutume, contrainte par la gêne
de se voir exposé aux regards, et la crainte de
laisser percer ce qui lui remplissait le cœur.

La jeune fille aussi était belle, plus belle dix
fois que sa maîtresse. A ce moment Edward
voulut ramer; Stephen lui confia les avirons.

Bizarres résultats de la civilisation! pensait Stephen; la nature a fait cette fille
belle, et sa physionomie annonce de l'esprit;
la nature, dans son affection, l'a placée au-
dessus de cette autre femme, et pourtant c'est
celle-ci qui commande et l'autre qui obéit. La
dame savoure tous les plaisirs de la vie, et la
servante les voit passer avec envie sans les
goûter; la dame est entourée d'hommages et
d'amour, et la pauvre servante doit se contenter des brutales caresses d'un palefrenier,
quand peut-être la nature a mis en elle une
âme plus noble et plus délicate, un cœur plus
susceptible de comprendre l'amour, et des
sens plus capables de le savourer.

Ces idées firent qu'il parla à la jolie fille,
et que la nuit tiède, le printemps, la nature,

la solitude, tout contribuant à l'émouvoir, il sentit sa poitrine oppressée, et le mouvement de son cœur suivre la voix de la servante; il lui prit la main, elle ne retira pas la sienne; leurs regards se rencontrèrent et se donnèrent comme un baiser.

« Morbleu ! dit Edward, mes efforts n'ont produit qu'un résultat négatif; au lieu d'avancer, je recule, et j'aperçois reparaissant dans l'ombre le pont que nous avons dépassé il y a une demi-heure. »

Et il fit de nouveaux efforts; mais ils n'aboutirent qu'à rompre une des chevilles dans lesquelles étaient entrés les anneaux des rames; alors le bateau commença à descendre rapidement. Stephen sauta aux avirons, et en appuyant sur son bras, singulièrement meurtri, la rame qui n'avait plus de cheville, il aida Edward à regagner le bord, puis il sortit du bateau pour aller dérober à un arbre une nouvelle cheville; mais quand il revint, le bateau avait repris le large par la maladresse d'Edward, qui avait inhabilement agité la rame: et tout en tournoyant il suivait le courant, qui l'entraînait avec une extrême rapidité. La voix tremblante d'Edward appelait Stephen; la

veuve criait, la servante pleurait : « Silence !
dit Edward ; vous m'empêchez d'entendre.....
Stephen, que faut-il faire ?

— « Fais tournoyer le bateau avec l'aviron
qui te reste, cria Stephen, et change de sens,
de manière à te rapprocher du bord. »

Edward essaya, et de temps à autre Stephen
criait : A gauche ! à droite ! mais le trouble et
le défaut d'habitude empêchaient l'autre de
réussir ; les deux femmes n'osaient respirer
dans la crainte de le gêner.

A ce moment la lune sortit d'un nuage et
leur montra tout le danger. Il était horrible.
Le bateau n'était pas à deux cents pas du
pont, et, s'il n'était brisé en éclats contre une
pile, il était évident qu'il serait au moins renversé du choc.

A cet aspect, Edward désespéré abandonna
l'aviron ; les deux femmes tombèrent à genoux,
criant : ô mon Dieu ! en se tordant les mains.

Le sang de Stephen se glaça dans ses veines.
Edward nage mal ; les deux femmes sont per-
dues, et lui-même, Edward, il n'est pas certain qu'il puisse se sauver.

« Edward ! cria-t-il d'une voix de tonnerre,
fais tournoyer le bateau » ; mais Edward était

écrasé : il ne pouvait plus ni agir ni répondre.
Un nuage cacha la lune. Tous trois ne pouvaient plus voir le pont ; mais ils entendaient
approcher le bruit de l'eau qui se brisait
contre les piles. Les deux femmes se cachèrent
la tête dans les mains. Edward se déchirait la poitrine avec les ongles, et creusait
d'un œil fixe l'eau noire qui allait les en-
gloutir.

Stephen alors arracha le peu de vêtemens
qui lui restaient, et se précipita dans la rivière
nageant de toutes ses forces vers le bateau ;
mais le bateau fuyait, et il n'était pas probable que Stephen arrivât à temps.

Edward et les deux femmes ne savaient
pas ce qu'il pourrait faire ; mais dans un
pareil danger on est crédule , et on reçoit
avec transport un médecin quand on est près
de mourir, quoiqu'on ait nié toute sa vie la
puissance de la médecine. Et ils écoutaient le
bruit de l'eau contre le pont, et le bruit plus
faible que faisait Stephen en nageant, atten-
dant la mort ou la vie , selon qu'un bruit
ou l'autre leur semblait s'approcher.

A ce moment la lune se montra ; il n'y
avait plus entre le pont et le bateau que trois

fois la longueur d'un aviron. Stephen trouva alors une force extraordinaire.

Il glissait sur l'eau.

D'une main il saisit le bateau et s'élança dedans, s'empara d'un aviron, courut à la pointe..... Il était temps.

La tête en avant, l'œil fixe, respirant à peine, il attendait le moment décisif.

Quand il fut à portée, il frappa violemment la pile du pont. Du choc il fut renversé dans le bateau,

Qui glissa rapidement sous l'arche.

Stephen, étourdi du coup, se releva et ramena le bateau au bord, puis il courut chercher ses vêtemens. Les femmes voulaient sortir, et continuer la route sur terre. « Il faut reconduire le bateau, dit-il; ce n'est pas généreux de me laisser seul »; mais Edward avait entraîné la veuve.

« Et vous, dit Stephen à la jeune fille, ne voulez-vous pas rester avec moi? »

Elle ne répondit pas, mais elle resta assise au fond du bateau. Il reprit le large, et laissa aller la nacelle au courant, donnant de temps à autre un coup d'aviron pour la tenir droite.

«Sans vous, Monsieur, nous étions noyés,

dit Marie. Oh Monsieur ! c'est une bien affreuse chose que la mort ! Cependant, quand je vous ai vu nager vers nous il m'a semblé que nous étions sauvés. »

Stephen avait repris sa main, et l'attirait doucement vers lui ; elle se laissa asseoir sur ses genoux, leurs lèvres se touchèrent d'un long baiser, et la tête de Marie tomba sur la poitrine du jeune homme ; il se sentait brûler de son haleine ; ils étaient seuls, au milieu du silence, au sein d'une belle et mystérieuse nuit. Il la pressait sur sa poitrine, et il sentait battre son cœur sur le sien. Les nuages s'étaient amoncelés et l'obscurité était profonde.

On était arrivé ; Stephen amarra le bateau, et l'on regagna la maison.

XLVII.

« Nous avons bien fait de rentrer, dit Edward, voici qu'il tombe une horrible pluie. »

Les nuages, chargés de vapeurs, avaient fini par crever.

« Tu ne te couches pas ? dit Stephen.

— « Non. »

Et il se mit à la fenêtre. Quelques instants après : « Il y a bien une demi-heure que nous sommes rentrés ? Ah ! d'ailleurs, voici Marie

qui monte se coucher. Bonsoir ; ne m'attends pas. »

Et Stephen l'entendit descendre.

Un trouble inconnu agita Stephen; il sentait contre Edward un vif sentiment de ja-
lousie: le pauvre jeune homme ne connaissait
de l'amour que ce qu'il a de céleste, que ce
qui vient de l'âme.

Pour la première fois de sa vie ses lèvres
avaient touché les lèvres d'une femme, et ce
baiser était resté brûlant sur sa bouche; tout
son corps frissonnait, ses bras s'étendaient
pour étreindre et n'embrassaient que l'air; il
se releva.

Elle est là! près de moi. Peut-être elle partage les désirs qui me dévorent; peut-être
mon baiser la brûle aussi : son cœur battait si
fort dans mes bras! Et cet Edward! lui, il a
une femme! Oh mon Dieu! qui calmera cette
horrible fièvre? Et pourquoi ne pas la calmer
dans ses bras? Elle m'aime, elle me désire
comme je la désire; peut-être elle prie le ciel
de me conduire auprès d'elle. Oh mon Dieu!
comme ma tête s'égare, comme elle est horriblement pleine de tableaux d'une mystérieuse volupté!

Il ouvrit la fenêtre, l'air le calma un peu ; mais il vit la croisée de Marie éclairée, puis la lumière fut éteinte, et il ne vit plus qu'une faible lueur.

Il sentit ranimer en lui l'ardeur dévorante de ses désirs : elle se couche seule et moi seul !

Qui nous sépare ? Ma stupide timidité !

Quels que soient ses désirs, ce n'est pas elle qui peut venir ; elle m'attend. Allons, allons !

Et il sortit dans le corridor, ne respirant pas, posant à peine les pieds. Mais arrivé à la porte de Marie son cœur battit si fort, si convulsivement, qu'il ne se sentait plus vivre. Il leva la main pour frapper, mais il ne le put.

Elle va me chasser ; elle va crier, et si elle ouvre la porte, si je la vois et qu'elle me chasse, je la tuerai.

Il retourna à sa chambre. Il se remit à sa fenêtre, et s'aperçut que celle de Marie était restée entr'ouverte.

Une nouvelle frénésie s'empara de lui. Il monta sur le toit, et, s'aidant des pieds et des mains, parvint jusqu'à cette fenêtre ; il la poussa doucement, il entra.

A la lueur d'une veilleuse il vit Marie endormie, couchée sur son lit, presque entièrement nue. Son dernier vêtement était dans un tel désordre qu'il ne cachait presque rien de son corps. Stephen devint fou; il dévorait du regard ces formes, ce corps nu qu'il eût voulu, au prix de sa vie, couvrir de baisers : la bouche entr'ouverte il humait avidement l'air qui entourait Marie; il baisait l'air qui l'avait touchée.

La figure de la jeune fille respirait la paix et le calme; ses cheveux étaient détachés, sa poitrine suivait le mouvement de sa respiration, et ses petits pieds étaient nus, blancs comme de l'albâtre.

Haletant, éperdu, Stephen s'approcha; il se pencha sur la jeune fille, et posa doucement ses lèvres sur les siennes; l'haleine de Marie le brûla, sa main s'étendit vers elle.

Mais.... Son œil, en suivant sa main, aperçut la bague de cheveux qu'il avait au doigt.

Il lui sembla qu'il se réveillait en sursaut. Magdeleine!

Oh mon Dieu! Non, non; il faudrait renoncer à Magdeleine!

Non, non!

Il remonta précipitamment sur la fenêtre :

Dors, dors, jeune fille. Il se traîna encore en rampant, et rentra dans sa chambre.

O Magdeleine ! dit-il, pardonne-moi, je suis encore digne de toi.

Et pourtant mes lèvres ne seront pas vierges pour te donner le premier baiser sur tes lèvres vierges.

Et il essuya sa bouche, comme pour effacer l'empreinte du baiser de Marie.

XLVIII.

La Carte à payer.

Il y a neuf parades ; la dernière et la plus mauvaise
est la neuvième : elle se fait avec le corps.
GRISIER.

Un matin on frappa violemment à la porte
de Stephen ; il se réveilla en sursaut et alla
ouvrir. Trois hommes entrèrent.

« M. Edward.

— « Il n'est pas ici, dit Stephen.

— « C'est singulier, dit l'un des trois, qui
avait gardé son chapeau.

— « Pas si singulier, dit Stephen, que de

vous voir entrer chez moi le chapeau sur la tête.

— « C'est, dit l'étranger, que ce taudis n'a pas trop l'air d'un domicile. » Cependant, sur l'observation d'un des hommes qui l'accompagnaient, il ôta son chapeau.

« Monsieur, dit Stephen très pâle, est-ce tout ce que vous avez à faire dire à M. Edward ?

— « Si vous m'aviez laissé finir ma phrase, vous sauriez ce qui m'amène.

— « Finissez votre phrase.

— « Ce M. Edward, à la suite d'une querelle que nous avons eue hier, m'a donné rendez-vous ce matin. Je vous avais bien dit, ajouta-t-il en se tournant vers les deux autres, et en jetant un regard de mépris autour de la chambre, que ce n'est qu'un va-nu-pieds, un poltron.

— « Monsieur, dit Stephen d'une voix calme, où un observateur seul eût pu voir ce qui se passait en lui, M. Edward ne peut tarder à rentrer ; je désirerais que vous l'attendissiez ; mais si vous voulez vous servir d'expressions aussi inconvenantes, je serai forcé de vous prendre par les épaules et de vous jeter en bas des escaliers.

— « Ce serait d'autant plus fâcheux, dit l'autre en ricanant, que vous demeurez prodigieusement haut ; mais votre menace ridicule ne m'empêchera pas de dire que l'homme qui, pour une affaire d'honneur, ne se trouve pas au rendez-vous, est un lâche et un misérable auquel je casserai ma canne sur la figure quand je le rencontrerai.

— « Je ne sais, reprit Stephen, jusqu'à quel point on peut avoir une affaire honorable avec vous ; je ne sais non plus combien de temps il s'écoulerait entre le moment où vous tenteriez d'insulter M. Edward et celui où il vous foulerait aux pieds ; mais ce que je comprends encore moins, c'est la folie qui vous pousse à m'insulter, moi, qui suis étranger à votre querelle ; moi, qui n'ai avec vous aucune relation et n'en aurai probablement aucune, au moins volontairement. Si vous voulez rester ici pour attendre mon ami, il faut renoncer à vous servir à son égard d'expressions injurieuses.

— « Je m'inquiète peu qu'il soit votre ami, fût-il l'ami du diable, je dirai qu'il est un lâche. »

A ce moment, l'étranger reçut la main de

Stephen vigoureusement lancée au milieu du visage. Les deux autres hommes se mirent entre eux.

« Misérable! cria l'étranger, tu me rendras raison.

— « Qu'entendez-vous par ces paroles?

— « Que nous allons nous donner un coup de sabre.

— « Avec infiniment de plaisir, dit froidement Stephen. Avez-vous un sabre à me prêter?

— « J'ai tout ce qu'il faut, dit un des témoins.

— « Partons. »

Quand ils furent hors de la ville :

« Vous n'avez pas de témoins?

— « Je n'en ai pas besoin.

— « Il vous en faut au moins un, dit l'un des deux hommes qui accompagnaient l'étranger, pour mettre ma responsabilité à couvert en cas d'événement.

— « Je prendrai le premier venu. »

Stephen alla droit à un homme qui, couché sur l'herbe auprès d'une haie, semblait s'épanouir au soleil, tirant de temps à autre une bouffée de fumée de sa pipe; quand Stephen s'approcha de lui, il lui fit de l'ombre;

l'autre lui fit signe de la main de se déranger de son soleil.

« Monsieur, dit Stephen, je vais me battre ; seriez-vous assez bon pour me servir de témoin ?

— « Non , j'aime mieux dormir au soleil...... Cependant, où vous battez-vous ?

— « Je ne sais ; au premier endroit venu.

— « Écoutez ; si vous voulez vous battre à dix minutes de chemin d'ici, je vous montrerai un endroit charmant, c'est une belle allée sablonneuse, entre deux rideaux d'ormes : à trois pas, on ne vous verrait pas, c'est au milieu d'un petit bois ; aussi-bien les lilas doivent être en fleur , ce sera une délicieuse promenade. Si vous voulez vous battre à cet endroit, j'irai vous servir de témoin, parce que j'ai du tabac à porter à un homme qui demeure sur la route, un brave homme s'il en fût jamais, qui paie bien et sans chicaner.

— « Je me battrai où vous voudrez. »

Un des témoins de l'adversaire se retira.

Les deux combattans avec chacun un témoin se dirigèrent sous la conduite du dernier venu.

« Votre physionomie m'a prévenu , dit-il à

I.

Stephen, et j'ai affaire de ce côté ; sans cela, vous comprenez bien que moi, Wilhem-Girl, je n'aurais pas quitté mon soleil pour aller ainsi me fatiguer et voir se battre des gens que je ne connais pas.

« Attendez-moi un instant », dit Wilhem en passant devant une maison. Quelques minutes après, il redescendit comptant de l'argent dans sa main et se parlant à lui-même, chemin faisant : « Quatre florins ! les pommes de terre ont un peu haussé de prix, à cause des semences, mais en revanche j'ai du tabac pour plus d'un mois encore ; voici, de bon compte, de quoi vivre pendant onze grands jours, fumer et dormir au soleil, et faire mon lézard sans aucun souci de la nourriture. Allons, allons » ; et il se frotta joyeusement les mains.

« Tenez, dit-il, voici l'endroit que je vous avais promis ; il est impossible de rien voir de plus joli : je vais m'asseoir là au soleil, et faites votre affaire. »

En ce moment, Stephen songea qu'il allait peut-être mourir loin de Magdeleine ; il écrivit au crayon : « Adieu ! tu as ma dernière pensée et mon dernier soupir ! » Il écrivit dessus le nom et l'adresse de Magdeleine.

« Monsieur, dit-il à Wilhem, si je suis tué, je vous prie, au nom du ciel, de porter cette lettre à son adresse, et vous serez généreusement récompensé.

— « Monsieur, dit Wilhem, je m'inquiète peu du ciel quand il est sombre et brumeux ; vous eussiez mieux fait de me dire : au nom du soleil, car le soleil est mon ami : n'importe, j'irai. »

« Donnez-moi un sabre, dit Stephen au témoin de son adversaire.

— « Un moment ! dit le témoin ; si vous voulez faire des excuses... le duel peut ne pas avoir lieu ; on ne se bat pas pour son plaisir, et si on peut éviter l'effusion du sang..... »

Stephen regarda son ennemi ; sa physionomie avait quelque chose de si insultant, de si platement vain, de si bêtement orgueilleux, qu'il répondit en levant les épaules : « Monsieur, les témoins ont la mission de présider au duel et non de l'empêcher.

— « Alors, dit l'adversaire, je vais vous donner une légère correction.

— « Attendez, dit Stephen ; et il se rapprocha de lui ; comme je ne sais pas me servir du sabre ; comme vous êtes un fat et un

impertinent; si vous êtes vainqueur, ce qui
est probable, je ne veux pas n'avoir pas eu
ma vengeance »; et il lui donna deux ou trois
fois de sa main au travers du visage; l'autre
saisit son sabre; Stephen prit le sien des mains
du témoin, qui s'écarta.

Cependant Wilhem, malgré l'observation
de l'autre témoin, était resté étendu au soleil,
et battait le briquet pour allumer sa pipe:
et tandis que les lames se choquaient, que
Stephen, assez maladroitement, mais avec une
vigueur et une agilité extraordinaires, pressait
son adversaire, qui parait tous ses coups sans
presque riposter, Wilhem disait à demi-voix:
« S'il est tué, j'irai porter la lettre; il y a treize
bonnes lieues : le moins qu'on puisse donner
à un homme, c'est un florin par lieue, car il
faut revenir; j'aurai donc treize florins, c'est
plus d'un mois de nourriture sans rien faire;
mais aussi ce sont quatre bons jours de soleil
que je perdrai à me fatiguer; c'est égal : ce
jeune homme m'intéresse. J'irai. »

En ce moment Stephen, à son tour, était
obligé de se défendre; mais son inhabileté ne
lui permettait pas de parer les coups, il était
forcé de reculer; tout d'un coup, il s'élança

comme un aigle, porta à son adversaire un coup qui l'eût pourfendu, s'il n'eût eu le temps de parer, mais du faible du sabre dont la pointe fut brisée; aussitôt il riposta et donna à Stephen un coup sur le bras : celui-ci saisit son sabre de la main gauche, mais le témoin se jeta entre eux.

« Assez, Messieurs, assez, dit-il ; vous vous êtes bravement conduits.

— « Monsieur, dit Stephen, nous nous reverrons.

— « Non, Monsieur, dit l'étranger ; car je suis obligé de quitter la ville aujourd'hui. Je vous remercie de la bonne volonté que vous me témoignez de me fendre le crâne ; et à coup sûr, si votre science en escrime répondait à la vigueur de votre poignet, je ne pense pas que mes pieds pussent me reconduire. Néanmoins, comme je ne puis vous donner votre revanche ni vous offrir une autre satisfaction, je vous demande pardon de la scène de ce matin : j'avais bu du genièvre outre mesure, mais vous m'avez dégrisé. »

Comme Stephen enveloppait d'un mouchoir son bras blessé, Wilhem-Girl s'approcha de lui. « Faudra-t-il porter la lettre ?

— « Non, dit Stephen.

— « Allons , murmura Girl , je me suis dé-
rangé pour rien.

— « Je n'ai pas d'argent en ce moment, lui
dit Stephen à voix basse ; mais d'ici à quelques
jours , je vous porterai mes remercîmens :
où demeurez-vous ?

—« Quand il fait du soleil, vous êtes sûr de
me trouver auprès de la haie où vous m'avez
pris, jusqu'à midi. A midi, le soleil tourne,
et je vais chercher un autre endroit ; mais
vers quatre heures , quand il se couche ,
vous me trouverez de l'autre côté de la
haie. »

On se remit en route vers la ville.

Stephen demanda à son adversaire quelle
était la cause de sa querelle avec Edward.

« Hier soir, avec les deux amis qui m'ont
accompagné chez vous ce matin , je rentrais
ivre ; nous avions fait un excellent repas, et
mes amis n'étaient pas en plus mauvaise situation que moi. Un homme me poussa , je
courus après lui en jurant. Je veux me battre
avec vous, lui dis-je : Si j'avais aussi bien soupé
que vous , répondit-il, je ne demanderais pas
mieux que de vous faire ce plaisir.

« Soupez , lui dis-je , et nous nous battrons
après.

«Avec un peu moins de vin dans la tête, con-
tinua-t-il, vous comprendriez que si, à l'heure
qu'il est, je n'ai pas encore soupé, c'est que
mes moyens ne me le permettent pas.

«Eh bien, je vais vous payer à souper. Nous
entrâmes dans une hôtellerie ; il commanda,
but et mangea de son mieux.

«Quand il eut soupé, il me dit en souriant
qu'il me remerciait beaucoup, mais qu'on ne
pouvait se battre sans voir clair ; qu'au reste,
il serait désespéré de donner un coup de sabre à un homme qui l'avait si bien traité. J'in-
sistai, et nous convînmes d'un rendez-vous
pour le lendemain.

— «Probablement, dit Stephen, il a pris
tout cela pour une plaisanterie.

— «Je le crois aussi, et ce restera une plaisanterie, car je ne puis retarder mon voyage. »

XLIX.

A quelques jours de là, Stephen se mit en route. Il y avait un jour de congé, et il allait voir Magdeleine, et non seulement puiser dans ses yeux de la force et du courage, mais encore rompre l'influence magique que Marie exerçait sur son imagination.

Il ne dormait plus: le voisinage de la jeune fille, les rencontres fréquentes dans les escaliers, et plus que tout cela la voix de la nature, plus forte et plus éloquente que tous les préjugés, lui allumaient le sang dans les veines.

L'amour qu'il avait pour Magdeleine était si pur et si céleste qu'il eût cru le profaner et le flétrir par un désir; pour lui, Magdeleine était un ange : son amour était tel que, près d'elle, il devenait tout âme et inaccessible aux désirs physiques.

Ce qu'il éprouvait pour Marie était un besoin : elle n'était pour lui qu'une femme.

Ces deux amours étaient si différens; près de Magdeleine, il était si plein du premier qu'il n'y avait plus de place pour le second : c'était seulement loin d'elle que les appétits physiques se pouvaient éveiller, et il ne lui était pas possible de réunir les deux amours sur la même femme.

Quoi qu'il en soit, les désirs que lui inspirait Marie étaient si violens qu'il se reprochait quelquefois le scrupule qui l'avait empêché de les satisfaire.

Peut-être cependant avait-il tort d'en faire tout-à-fait honneur à sa fidélité, et nous nous permettons de penser que la timidité, la défiance du succès, la nouveauté de la situation et la crainte d'une maladresse avaient été pour beaucoup dans l'acte de vertu de Stephen.

Il songeait aussi que ce n'était pas être coupable envers Magdeleine qu'offrir à Marie un encens qu'il ne jugeait pas assez pur pour elle.

Sa situation était fort dangereuse, et il partit après avoir, par une lettre, averti Magdeleine de son arrivée. Comme il se mettait en route, Edward lui voyant mettre le meilleur des deux habits que possédait la société, le rappela du haut de l'escalier pour lui faire les plus pressantes recommandations; surtout, lui dit-il, ménage l'habit, ne l'expose pas à la pluie et brosse-le tous les jours; évite le contact de tout corps dur, anguleux ou épineux, toute lutte imprudente, tout effort inconsidéré. Prends aussi quelque soin des souliers, et ne marche pas sur les cailloux: muni de ces bons avis, Stephen se mit en route.

L.

Je suis si fatigué qu'à peine si j'ai eu la force
de donner hier un coup de sabre à un de mes
camarades.

EUGÈNE KARR.

MAGDELEINE était depuis le matin à la fenêtre ; son œil inquiet cherchait à percer le brouillard qui s'élevait lentement de la terre, et se dorait aux rayons d'un beau soleil d'automne.

Un jeune homme enfin apparut, couvert de sueur et de poussière, et marchant d'un pas rapide. Quand il eut aperçu Magdeleine, il s'arrêta pâle, et mit la main sur son cœur, que sa poitrine ne pouvait plus contenir.

Puis il entra au jardin ; il revit ces lieux si pleins de souvenirs ; l'herbe était verte et épaisse, l'aubépine n'avait plus de fleurs.

Il se trouva reporté à des jours de bonheur si courts et si peu nombreux, le même air, le même soleil, le même parfum.

Il revit sur un des tilleuls le chiffre qu'il y avait tracé un an auparavant, les lettres avaient grandi sur l'arbre en profonde cicatrice.

Et Magdeleine ne descendait pas.

Il attendit long-temps, à chaque instant retenant son haleine pour distinguer le bruit de ses pas, ou craignant de voir venir M. Müller, et prêt à se jucher dans un arbre pour ne pas être reconnu.

Le soleil se coucha.

Il fallait partir. Stephen arracha deux branches de chèvrefeuille, et en laissa une sur l'herbe pour Magdeleine.

Comme il sortait, et se retournait pour voir encore la maison, il aperçut à la lueur incertaine du jour presque éteint la robe blanche de Magdeleine ; de la fenêtre, elle lui faisait signe de s'arrêter.

Et elle tendit un papier ; mais, craignant qu'il ne fût emporté par le vent, elle enve-

loppa dedans quelque chose de pesant, le jeta
à Stephen, et referma la fenêtre. Plus de deux
heures s'écoulèrent avant que le pauvre garçon
trouvât la lettre; enfin, muni de ce précieux
trésor, il se remit promptement en route.

Elle lui écrivait :

« Je ne pourrais descendre au jardin sans
mon père; c'est un moment de bonheur que
le sort nous arrache bien cruellement. Tu as
le bras en écharpe; tu es blessé. Oh, mon Stephen! ce n'est pas moi qui te donne des soins!
Je vais bientôt me rapprocher de toi, je passe
l'hiver auprès de Suzanne. Adieu, je t'aime. »

Ce qui avait servi à donner de la pesanteur
à la lettre, c'était un cachet sur lequel étaient
gravées les initiales des deux noms; Stephen
le serra précieusement avec la lettre.

Le matin, il avait fait la moitié du chemin
sur une voiture de roulier; mais le soir, il n'eut
pas la même ressource, et il lui fallut marcher
toute la nuit, le jour commençait à poindre
quand il entra dans la ville.

LI.

Marie.

Il monta l'escalier, et tourna lentement la clef qu'Edward avait laissée à la porte; il entra et vit deux têtes sur l'oreiller, car il y avait au lit un oreiller et de beaux draps bien blancs: c'étaient Edward et Marie.

Marie, la jolie servante.

Oh! comme Stephen eût voulu racheter ce premier baiser qu'il avait déposé sur les lèvres de la jeune fille!

Edward se réveilla :

« Qui va-là ?

— « Moi.

— « Ah ! c'est toi, Stephen ? Sois le bien-venu, ne fais pas trop de bruit, et va nous chercher à déjeuner ? »

Stephen fut un peu surpris, mais il ne vit pas d'objection à faire, quoique sa situation lui parût bizarre ; comme il sortait, Edward le rappela : « Prends de l'argent par terre, dans le coin de la fenêtre ? »

Stephen vit dans l'endroit indiqué une ving-taine de florins.

« Tu déjeuneras avec nous, dit Edward ; fais apporter un bon déjeuner pour trois. »

« Allons, dit Stephen en s'en allant, il faut prendre la chose gaîment. Edward ignore ce qui s'est passé entre Marie et moi ; et, d'ail-leurs, que m'importe Marie ? »

Néanmoins il y avait en lui quelque aigreur qui ne disparut que peu à peu ; quoiqu'il n'eût conservé aucune intention sur Marie, il lui semblait que ce moment d'amour ou de fièvre qu'il avait eu pour elle l'avait faite sienne, et était, comme au front de la jeune fille, le signe et le cachet d'un maître.

Il commanda le déjeuner, et alla au collége

faire sa première classe; quand il revint déjeuner, il trouva sa place prise; une nouvelle
connaissance d'Edward, un jeune homme de
la ville, l'était venu voir, et il l'avait invité.

LII.

Suzanne à Magdeleine.

Bien, bien, Magdeleine, ton arrivée près de moi est avancée de quelques jours. Arrive, arrive, chère et bonne amie, tu trouveras tout prêt pour te recevoir. Sais-tu que voilà un mois tout entier que je prépare nos plaisirs pour l'hiver? Comme il tarde à arriver! je bénis chaque coup de vent qui enlève les feuilles des arbres.

Pendant ces trois mois d'hiver nous avons des invitations pour quinze bals ; mon père a loué une loge au théâtre ; ce sera délicieux ; et j'ai fait venir pour toi et pour moi les modes les plus nouvelles.

On m'a envoyé des étoffes charmantes et encore inconnues ici ; envoie-moi de suite une robe à toi pour que je fasse faire les deux nôtres pour le premier bal auquel nous danserons.

Je me réjouis à l'avance de ton étonnement de toutes les choses que tu vas voir ici ; tu n'as aucune idée de la parure et de l'élégance des femmes et des hommes. Pauvre ermite habituée au visage tanné, aux mains dures et calleuses des paysans, tu vas te trouver dans un pays enchanté !

J'ai fait arranger la chambre que je te destine : elle est charmante ; c'est moi qui ai choisi les tentures et l'ameublement, tu en seras contente ; viens, viens, Magdeleine, tu verras tout cela.

Et par-dessus tout, j'ai une idée : dans la société que nous verrons, parmi ces hommes beaux et aimables qui nous entoureront, tu peux faire un choix ; belle et spirituelle comme tu es tu feras un riche mariage qui te fixera près de moi.

Viens, nous avons tant de choses à nous dire! Depuis un mois j'amasse pour toi toutes mes pensées ; jamais tu n'auras vu une fille aussi babillarde.

LIII.

« Je pars, dit Edward; me voilà rentré en grâce auprès du terrible oncle, comme tu as pu en juger par l'opulence inusitée que tu as trouvée ici; te laisserai-je ici, Stephen? Pourquoi ne reviens-tu pas avec moi, tu peux encore épouser ta parente, tu seras riche.

— « Non, non, encore quatre mois, et je serai assez riche, j'aurai une place de 1500 florins, et je serai le plus heureux des hom-

mes; ne t'occupe pas de moi; avec de la persévérance je me ferai la vie qu'il me faut.

— « Je ne veux pas que mon amitié t'im-
portune, je pars seul; partageons ce que j'ai
d'argent; et quand je serai là-bas tu me per-
mettras de t'envoyer une petite indemnité de
la ruine que je t'ai causée. » Et Stephen accom-
pagna Edward jusqu'à la voiture qui devait
l'emmener. Chemin faisant, Edward ne parlait que des plaisirs qui l'attendaient; enfin ils
sm b rassèrent, et la voiture roula.

Pendant quelques jours Stephen fut en
proie à cette tristesse vague que cause le départ d'une personne même indifférente, et, à
plus forte raison, d'un ami avec lequel on a
enlacé sa vie par une habitude de tous les jours.

Mais peu à peu le souvenir d'Edward s'ef-
faça, et Stephen se livra avec ardeur à son
travail.

LIV.

Stephen à Magdeleine.

Hier je suis allé me promener, vers la fin
du jour, au bord de la rivière ; le feuillage des
peupliers frissonnait de lui-même sans que l'on
sentît le vent ; tout paraissait calme et dans
l'attente, l'air était pesant, de gros nuages noirs
marchaient lentement, l'air pouvait à peine
les soutenir ; on entendait au loin un roule-
ment sourd, et des éclairs fendaient le ciel ; les

hirondelles rasaient en criant l'eau, qui paraissait d'un noir-violet ; puis le vent s'élança enlevant en tourbillons les feuilles et la poussière ; les peupliers noirs se courbaient jusque dans l'eau ; les hirondelles emportées par le vent ne pouvaient lui résister. Comme je contemplais ce spectacle, tout à coup le vent s'abaissa, et d'un nuage noir déchiré l'eau tomba par torrens.

Je me réfugiai en courant dans la cabane de Fritz : je dois t'avoir parlé de Fritz ; il n'y était pas, je ne vis que sa femme, entourée de petits enfans ; ordinairement ils courent en sautant à ma rencontre, et en signe de joie m'écrasent les pieds et déchirent mon habit ; mais alors ils étaient à genoux autour de leur mère ; leurs visages à tous avaient une expression de solennité d'autant plus forte qu'il faisait presque nuit.

« Il est tard, me dit Louisa, et Fritz n'est pas rentré ; nous prions le bon Dieu pour qu'il ne lui arrive pas d'accident par cet affreux temps, et qu'il trouve un abri. »

C'est un bonheur, un grand bonheur qu'une croyance ferme dans l'inquiétude, Magdeleine ; la mienne est quelquefois ébranlée par le raisonnement, et j'en suis fâché; aussi, jamais d'un sourire amer, jamais d'une parole d'incrédulité je ne froisse, je n'ébranle la croyance de personne, c'est un bonheur que je tuerais, un appui que je renverserais. Je m'approchai et je me mis à prier avec eux.

Puis je m'avançai sur la porte : « Les nuages courent vite, et ils sont plus légers, dis-je ; le vent balaie le ciel, l'air est maintenant frais, l'orage est fini.

— « Enfans, dit Louisa, allez chercher le pantalon et la veste des dimanches de votre père, pour qu'il puisse changer en rentrant», et elle-même tira une grosse chemise de toile bien blanche et elle la fit chauffer devant le feu.

« Louisa, dis-je, je vais mettre le couvert pour qu'il puisse manger la soupe chaude en arrivant. »

Quelques minutes après Fritz entra ; elle lui sauta au col, les enfans l'entourèrent et l'aidèrent à changer de vêtemens.

Tout cela m'a empêché de dormir, Magdeleine ; l'aspect du bonheur m'a fait songer que je ne suis pas heureux. Toute la nuit je voyais cette femme priant et interrogeant le ciel d'un regard inquiet et suppliant ; ses ca-

resses et celles de ses petits enfans. Magdeleine,
ils sont pauvres, mais ils sont bien heureux!

Nous aussi, Magdeleine, nous serons bien
heureux : encore quatre mois, et j'aurai cette
place, et j'irai te demander à ton père, et puis
tu vas être plus près de moi : je te verrai quelquefois, et cela me donnera bien du courage
et de la force.

Tu souffres, me dis-tu, d'une dent; coquette,
je veux que vous la fassiez arracher; j'en fais
le sacrifice; vous n'y pouvez pas tenir plus
que moi.

LV.

Les vieux ormeaux n'ont plus leurs têtes ondoyantes,
Autour de leurs troncs noirs le vent froid de l'hiver
Fait tomber et rouler leurs feuilles jaunissantes ;
Leurs branchages séchés s'entrechoquent dans l'air.

Et seule, sur la branche nue,
Où le givre brille au matin,
La mésange bleuâtre à peine suspendue
Fait entendre sa voix aiguë.

Par une sombre matinée du commencement
de l'hiver, les nuages étaient d'un gris sale,

l'herbe et la terre étaient couvertes d'une
épaisse gelée blanche; et, sensibles à ces premiers froids, les gens qui passaient dans la
rue étaient soigneusement enveloppés jusqu'au
nez, et marchaient à petits pas pressés.

Cependant, à une belle maison de la ville
de*** une fenêtre était ouverte, et à cette fenêtre, enveloppée de fourrures, on voyait
une jeune fille blanche et blonde, dont les
regards étaient attentivement fixés sur la
route; la pauvre enfant! son nez si bien des-
siné était outrageusement rougi par le froid,
qui arrachait des larmes à ses yeux d'un bleu
clair et transparent; les passans la regardaient,
mais le froid les faisait bientôt se renfermer
dans leur manteau.

De temps à autre la jeune fille se retournait dans l'appartement, et parlait avec viva-
cité. « Allons donc, Hanry, disait-elle, et vous,
Lisbeth, vous n'avancez pas. — Il est plus de
onze heures, mademoiselle, dit Lisbeth; de
grâce, fermez la fenêtre, vous allez à coup sûr
vous enrhumer; voilà deux heures que vous y
êtes par un froid à faire tomber les pieds et les
mains, et vous n'êtes pas accoutumée à l'air
du matin.

— « Laissez, laissez, Lisbeth, et dépêchez ;
mettez là cette toilette entre ces deux fenêtres ;
et avez-vous déployé les robes qui étaient dans
les malles arrivées hier soir ? avez-vous mis
le linge en ordre ? avez-vous bassiné le lit ?
Hanry, sur la cheminée il faut des épingles ;
Lisbeth, sur la toilette, du savon, de la pâte
d'amande, de l'eau de Cologne, de la pom-
made, des brosses et des peignes, et jeter du
bois au feu, encore, encore. »

A ce moment elle se pencha en dehors de
la fenêtre : elle rentra précipitamment. Vite,
vite, Hanry, Lisbeth, j'entends rouler une
voiture. Hanry, un dernier coup de balai et
disparaissez ; allez en bas ouvrir la porte,
j'espère que tout est propre et en ordre. »

Et on entendait se rapprocher le bruit de
la voiture, le fouet du postillon et les sonnet-
tes des chevaux, puis à l'angle de la rue on
vit la tête des chevaux, puis la voiture, et par
la portière sortir la tête de Magdeleine.

Suzanne sautait de joie. La voilà ! la voilà !

Le postillon faisait claquer son fouet pour
annoncer son arrivée : bientôt la voiture fit
trembler les vitres en entrant sous la porte.

Suzanne était déjà en bas ; Magdeleine s'é-

lança dans ses bras, les deux jolies filles s'embrassèrent. « Viens, viens, pauvre Magdeleine,
dit Suzanne ; tu as bien froid » : elle l'entraîna
dans sa chambre sans s'occuper de M. Müller,
qui veillait au débarquement de ses livres ;
puis elle l'aida à la déshabiller et la fit mettre
dans un lit bien chaud. « Couche-toi pendant
quelques heures ; tu seras bien réchauffée, et
de plus, fraîche et reposée pour que mon père
et ma mère te voient belle. »

Quand Magdeleine fut couchée elle lui dit :
« Comment trouves-tu ta chambre ? »

Magdeleine porta autour de la chambre un
regard d'admiration : ce luxe lui était inconnu.
Toute la chambre, le haut et les parois étaient
tendus de soie cramoisie avec des ganses d'argent ; les rideaux des fenêtres étaient en soie
blanche et cramoisie avec une frange d'argent.
Les meubles étaient blancs avec des galons
d'argent ; il y avait un beau piano avec une
énorme quantité de musique, et rien ne manquait de ces petits détails commodes qu'une
femme seule peut prévoir.

« Charmante ! tu t'es bien occupée de moi,
ma Suzanne. » Et alors se passèrent ces douces
et intéressantes causeries de jeunes filles.

« Dans un mois, dit Suzanne, je vais me marier : mon promis est beau, le plus élégant de la ville, et extrêmement riche; si tu savais les beaux chevaux qu'il a achetés et la belle calèche, et la maison qu'il a fait meubler pour moi, c'est admirable!»

Magdeleine aussi fit ses confidences : elle n'avait rien de bien magnifique à dire. « Stephen espère avoir bientôt une petite place : nous vivrons ignorés et tranquilles dans la petite maison de mon père; nous serons pauvres, mais heureux.

— « Il m'a déjà fait voir les cadeaux de noce, dit Suzanne : des colliers en perles, des bracelets, des bagues et des pendans d'oreille, arrivés de France, et un schall de cachemire blanc et un noir, et un troisième rouge : c'est la plus belle corbeille qu'on ait jamais vue.

— « Ce pauvre Stephen travaille bien pour moi, reprit Magdeleine, et j'attends le moment où je pourrai, par mes caresses et mon amour, effacer les fatigues et l'ennui de la journée.

— « Magdeleine, dit Suzanne, c'est une triste dot que l'amour quand il est seul : renonceras-tu donc à voir le monde, aux bals, aux soirées, aux plaisirs que tu ne connais pas encore? »

Magdeleine était un peu embarrassée ; elle ne savait comment tenir son mariage à la hauteur de celui de Suzanne : elle changea la conversation.

A peine trois jours s'étaient écoulés depuis l'arrivée de Magdeleine qu'elles avaient déjà assisté à un bal magnifique. Les deux amies avaient attiré tous les yeux autant par leur beauté personnelle que par le contraste que l'une faisait à l'autre.

« Eh bien, Magdeleine ! lui dit Suzanne en rentrant. — C'est bien beau », dit Magdeleine. La danse, la musique, lui avaient donné la fièvre ; elle eut de la peine à s'endormir : il lui sembla qu'elle avait passé la nuit dans un palais enchanté.

LVI.

Magdeleine à Stephen.

Vous êtes prodigieusement injuste, monsieur le professeur. Comment! je suis grondée,
appêlée coquette, et cela parce que je ne voulais
pas perdre une dent sur le devant de la bouche, parce que je veux être jolie, lorsque je
vous reverrai, méchant, ingrat; je suis fort
en colère! Oui, monsieur, je suis à vous,

tout à vous, et si vous faites le sacrifice de cette dent, si vous consentez à me voir enlaidie, cela vous regarde, je n'ai aucune objection à faire ; mais ma dent me restera, le dentiste me l'a affirmé, et je ne souffre plus ; vous avez tout l'honneur du sacrifice sans en avoir la peine. Néanmoins, je vous en veux récompenser, et voici comment.

Dimanche prochain, je serai chez ma tante, chez cette bonne tante Pauline, que tu connais ; tu peux t'y trouver par hasard, et nous nous verrons, nous nous parlerons : j'y arriverai vers quatre heures après midi.

Adieu, mon ami. Suzanne frappe à ma porte presque en fureur ; il faut m'habiller pour l'accompagner au bal ; j'y porterai ton image. Adieu, mon Stephen.

LVII.

Un bon Dîner.

Le jour qui précédait le dimanche tant désiré, Stephen était dans sa pauvre chambre; quelques petits morceaux de bois l'échauffaient à peine; il faisait sa cuisine.

Une lettre arriva; elle était de Magdeleine: il n'y avait que quelques lignes.

« A demain, Stephen; je n'ai le temps de te rien dire : on m'attend pour un grand et splendide dîner; la maison est déjà pleine de

convives, et je ne suis pas encore parée. A
demain. »

Après avoir baisé ces lignes, Stephen se mit
près de sa fenêtre; un rayon de soleil couchant
entrait à travers les vitres, et il se mit à manger
ses pommes de terre.

Demain, dit-il, demain je la verrai; je lui
parlerai, j'entendrai sa douce voix résonner
à mon cœur; ses regards s'arrêteront sur les
miens. Oh! que j'aie la force de supporter ce
moment, que le bonheur ne m'écrase pas.

Et en mangeant, il s'arrêtait de temps à
autre pour relire la lettre de Magdeleine. A
demain : et sa voix, en prononçant ces mots,
lui serrait le cœur.

Une seconde lettre arriva; elle était d'Edward. Il lui racontait ses plaisirs. J'ai vu ta
parente au bal, lui disait-il; elle est fort jolie,
et beaucoup de prétendans se disputent sa
main. Tu es bien fou, quand tu n'as qu'à te
présenter.... Suis mes avis, Stephen; la pauvreté finira par tuer l'imagination poétique
qui te soutient. Hâte-toi, bientôt peut-être il ne
sera plus temps, et tu en ressentiras d'amers
regrets.

Fou toi-même! s'écria Stephen. Abandonner

Magdeleine et mon amour, qui colore ma vie comme le soleil l'herbe! Abandonner mon bonheur! vendre ainsi mon avenir, quand je vais voir Magdeleine demain! Allons, allons, tu es fou, mon cher Edward.

La lettre contenait un effet payable à la poste, de cent florins.

Et Stephen continua joyeusement son repas.

LVIII.

LE lendemain Stephen se mit en route pour la ville. Chemin faisant il récapitulait tout ce qui lui était arrivé depuis quelque temps, et il se trouvait fort heureux. Je vais voir Magdeleine; dans trois mois, j'aurai ma place; d'ici là, l'argent que m'a envoyé Edward va me faire riche.

Réellement, un bonheur ne vient jamais seul.

LIX.

Où l'auteur prend la parole. — Sur un proverbe.

RACINE a dit :

> Les malheurs sont souvent l'un à l'autre enchaînés.

Voici comment je m'explique qu'un bonheur semble en attirer d'autres.

Notre vie humaine n'a que quelques jours d'un intérêt vif, qui sont clair-semés, sur un fonds de jours insignifians, ni tristes ni gais,

sans couleur aucune, comme une légère broderie sur un canevas.

Or, ces jours nombreux, sans couleur eux-
mêmes, sont colorés du reflet d'un jour de
bonheur ou de tristesse.

Comme, dans une pinte d'eau, si vous
mettez une goutte d'indigo, l'eau deviendra
bleuâtre; si, une goutte d'encre, elle deviendra
grise.

Si, une goutte de sirop, sucrée; si, de vi-
naigre, âcre.

Un jour de bonheur étend ses rayons sur
dix jours insignifians qui le suivent, et sur dix
jours qui l'ont précédé.

De même, un jour de tristesse son ombre
funèbre.

Un bonheur répand un suave parfum sur
notre vie, comme le chèvrefeuille embaume
l'air qui l'entoure et le vent qui le balance en
passant.

Ces jours insignifians sont comme les zéro,
qui ne sont rien par eux-mêmes mais prennent leur valeur du chiffre qui les précède.

LX.

Magdeleine à Stephen.

Je t'ai donc vu, mon Stephen! et tu es maintenant seul et triste, rentré dans ta chambre; je t'envoie des souvenirs d'hier, qui prolongeront de quelques instans notre bonheur.

Je ne t'exprimerai pas combien j'ai été heureuse! J'étais près de toi; je te regardais; je t'écoutais. Ma tante, sans aucun doute, a été instruite par mon père; sans cela, par des phrases générales, eût-elle cherché à nous détourner de notre but; nous eût-elle montré l'amour comme une fièvre ou une folie passagère ?

Mais toi, comme l'amour te rendait éloquent! avec quelle force tu soutenais ses droits! mon Stephen! Je recueillais toutes tes paroles, je les gravais dans mon cœur : elles ne s'en effaceront jamais; je te vois encore en partant, dire : « J'ai mon but devant les yeux, j'y arriverai; car je me sens fort, et j'y marcherai jusqu'à ce que je tombe. »

En arrivant chez ma tante, en montant chez elle, mon émotion était extrême; mais arrivée à la porte il me prit une palpitation de cœur si violente que je craignis de me trouver mal; je croisai mes bras sur ma poitrine pour contenir mon cœur, qui semblait vouloir s'en échapper. Je n'entrai que lorsque je me crus assez calme pour soutenir ta vue; pourtant j'étais bien tremblante; je fus long-temps avant d'oser fixer mes regards sur toi. Tu es changé, tu es plus grand, plus fort; tes traits ont un caractère bien plus prononcé : nous n'osions pas nous parler; mais je t'entendais, je te comprenais si bien; et lorsque tu as parlé de

ton père, de ton isolement, que j'ai eu de
peine à retenir mes larmes! Stephen est seul,
il est malheureux. O mon Dieu, oh! si je
puis un jour te rendre au bonheur, te consacrer ma vie, l'employer à te rendre heureux,
être ta compagne, te rendre une famille; car
ma famille sera la tienne, mes amis seront les
tiens; tu verras autour de toi des personnes
heureuses de te voir; moi, je ne te quitterai
plus, et tous deux ensemble, au milieu de nos
enfans, entourés de ma Suzanne et de notre
frère Eugène.... Stephen, quand tu te rappel-
leras que tu as été seul, isolé, malheureux, ce
ne sera plus qu'un souvenir qui donnera plus
de prix à notre bonheur. Espérons, mon ami,
mon Stephen; espérons tout du ciel. Hier,
quand tu sortis avec la lettre que j'avais
jetée dans ton chapeau; quand ma tante te
reconduisit, des ordres à donner la retinrent
quelques instans dans le salon. Je me trouvai
seule, mon sang s'arrêta, mon cœur ne battait
plus que faiblement; j'allai m'asseoir à la place
que tu venais de quitter; je retenais ma respiration pour tâcher d'entendre encore le son
de ta voix ou le bruit de tes pas. Oh! que j'aurais voulu pouvoir te rappeler, presser tes

mains, te jurer de t'aimer toute ma vie! Que
de choses j'avais à te dire! Les larmes tombaient de mes yeux et inondaient mes joues
sans que je m'en aperçusse. Lorsqu'en regar-
dant cette fleur que tu avais donnée à ma
tante, et que je n'aurais osé lui demander,
quelque envie qu'elle me fît, je vis ma figure
dans la glace; je me hâtai d'essuyer mes yeux,
de poser mes lèvres sur la fleur, et je dérobai
une branche de feuilles que je cachai dans
mon sein.

Que cette entrevue si courte et si contrainte
m'a rendue heureuse, combien je désirerais
te voir souvent de même! Et le soir encore
au théâtre; mais tu y es venu bien tard.

LXI.

Pourquoi Stephen était arrivé tard au théâtre.

En jetant une lettre dans son chapeau Magdeleine lui avait glissé à l'oreille : « Lis tout de suite. »

En sortant, Stephen rencontra dans la rue un homme qui fumait ; il tira un papier de sa poche, l'alluma et lut à la lueur de ce papier : « Nous allons entendre l'opéra, Suzanne, et

« ses parens et mon père et moi ; viens, nous
« nous y verrons encore quelques instans. »

Stephen fouilla dans ses poches et les retourna ; il fallait un florin pour les moindres
places de théâtre, il ne l'avait pas ; il songea à
l'argent d'Edward ; mais il s'aperçut que le
papier qu'il avait brûlé pour lire la lettre était
précisément le bon sur la poste.

Il chercha sur lui, et ses yeux s'arrêtèrent sur
la bague des cheveux de Magdeleine : cette
bague était en or, et paraissait avoir quelque
valeur ; il se souvint qu'il y avait dans la ville
une vieille femme qui prêtait sur gages ; il y avait
quelque chose qui lui serrait le cœur à penser
qu'il allait se séparer de cette petite bague.

Les cheveux de Magdeleine, un don de son
amour, une partie d'elle allait passer aux
mains d'une étrangère, pour de l'argent !

Mais il songea aussi que si Magdeleine ne
le voyait pas au théâtre elle pourrait craindre
un accident, ou soupçonner de l'indifférence ;
la vieille femme lui donna le florin dont il
avait besoin.

De ce jour Stephen commença à mener une
vie fatigante : trois fois par semaine Magdeleine allait au spectacle ; Stephen tâchait de

quitter le collége de bonne heure, et faisait
en courant les trois lieues qui le séparaient
d'elle; il ne pouvait rentrer que fort avant
dans la nuit, et jusqu'au matin il n'avait que
quelques heures à dormir.

De plus, comme ses finances ne pouvaient
lui permettre la moindre dépense extraordinaire, le jour où il allait au théâtre il ne dînait pas, et les autres jours il veillait pour
copier des écritures qui lui rapportaient un
peu d'argent; aussi était-il devenu maigre et
hâve; mais chacune de ces privations était pour
lui un bonheur; il marchait à son but, il l'avait
devant les yeux et le voyait approcher rapidement.

Un jour il alla chez la tante de Magdeleine:
« Je donne une soirée dans une semaine, lui
dit-elle, j'aurai beaucoup de monde; y vien-
drez-vous? » Stephen accepta l'invitation avec
joie, car Magdeleine ne pouvait manquer d'y
être.

LXII.

Eugène à Stephen.

Après-demain, frère, nous montons à cheval, et nous allons au devant de l'ennemi; encore un coup de dé. Je t'écrirai aussitôt que nous nous serons battus, pour que tu saches si tu as encore un frère, ou une partie de ton frère; car il y a de sots boulets qui emportent la moitié d'un homme sans le tuer.

En ce cas-là, frère, hâte-toi de te marier, et de me préparer une petite chambre dans ta maison; car j'arriverai avec ma solde de retraite et une jambe de bois, et apprête-toi à entendre narrer et renarrer cent fois la même chose.

Pour le moment, j'ai à te demander un service assez important : l'argent destiné à renouveler les harnais de mon cheval, les brides, les étriers, etc., a été, par moi et mes camarades, bu et mangé sous les espèces du genièvre et de la saür-craüt.

Je ne puis pour le moment demander d'argent à mon vénérable père; tâche, mon cher Stephen, de m'envoyer la somme nécessaire à cet achat, informe-toi de ce que cela peut coûter; si tu ne peux l'envoyer tout de suite, c'est-à-dire le jour de la réception de ma lettre, ne l'envoie plus, parce qu'il ne me parviendrait pas.

Stephen fut attristé de cette lettre; quand il la reçut, il avait bien à peu près la somme nécessaire; mais Magdeleine l'attendait au théâtre, il ne pouvait lui faire savoir qu'il ne s'y trouverait pas; Magdeleine était tout pour lui, son âme et sa vie, et le but de toutes ses actions; et d'ailleurs, depuis quelque temps, les lettres de Magdeleine étaient plus rares; la jeune fille, au milieu des plaisirs qui l'entouraient, ne trouvait pas souvent d'instans à donner à son ami; le pauvre Stephen avait bien besoin de la voir pour reprendre un peu de force et de courage. Il n'envoya pas ce que son frère lui demandait.

Le soir, il était au théâtre, les yeux presque toujours fixés sur une loge.

Dans cette loge étaient M. Müller et sa fille, Suzanne et ses parens; et de plus, le promis de Suzanne avec Schmidt, le cousin de Magdeleine; c'étaient deux jeunes gens beaux et riches, et vêtus avec la plus grande élégance et la dernière recherche.

Ils ne s'occupaient guère du spectacle, et examinaient tous les spectateurs, faisant de temps en temps part aux jeunes filles de leurs remarques, quelquefois spirituelles, presque toujours moqueuses. Suzanne riait aussi fort que le permettait la décence; et Magdeleine, qui avait commencé par sourire du bout des lèvres, pour faire comme les autres et n'avoir pas l'air de blâmer leur gaîté par

une contenance sévère, finit par la partager
entièrement; et, pour montrer un peu de l'esprit que l'on prodiguait devant elle, elle s'avisa
de faire une remarque à peu près piquante
sur une femme dont la toilette annonçait des
prétentions auxquelles ne répondaient ni son
âge ni sa figure. Les deux jeunes gens avouè-
rent qu'ils n'avaient jamais rien entendu de si
spirituel; Magdeleine, étourdie de ce succès,
et presque contrariée que l'on montrât tant
d'admiration pour si peu de chose, voulut justifier cette estime pour son esprit, voulut en
montrer et en montra, car elle en avait beaucoup; et d'ailleurs, cette sorte d'esprit que
l'on perd dans la solitude ou dans l'agitation
des sensations fortes, s'alimente et se renouvelle par le frottement de l'esprit des autres.

Cependant il vint un moment où son attention fut tout-à-fait captivée par le spectacle; les paroles que prononçaient les acteurs
avaient quelque rapport avec sa situation et
celle de Stephen.

Mon âme, ma vie, disait l'acteur, *garde
précieusement mon bonheur; je viendrai le
réclamer quand je m'en serai rendu digne.*

Les grands yeux noirs de Stephen se tour-

naient, fixes et mélancoliques vers Magdeleine ; elle aussi le regarda, mais elle était
distraite par des rires étouffés et les chucho-
temens de Suzanne et des deux jeunes gens.

« C'est, disait le promis de Suzanne, un
habit qui, vu le collet étroit et les basques en
pointe, porte, pour des yeux un peu exercés,
le millésime de l'an 1795 après J.-C.

— « Ce qu'on ne saurait trop admirer, reprit Schmidt, c'est l'arrangement de la cravate, et la blancheur au moins équivoque du
gilet.

— « Tout cela ne serait rien, dit Suzanne,
si par sa pose tragique et ses yeux levés au
ciel, il n'affichait pas une ridicule prétention
aux regards et à l'attention ; on ne peut obli-
ger un homme à être bien mis quand c'est un
pauvre diable, mais on peut lui savoir mauvais gré de forcer vos regards à s'arrêter sur
lui par quelque chose d'excentrique et d'extraordinaire. L'homme qui usurpe ainsi l'attention n'a pas le droit de ne pas avoir une
jolie figure, et certes avec ces joues creuses et
ces pommettes saillantes, et ces cheveux mal
arrangés, l'élégant ressemble assez au Méphis-
tophelès de notre Goëthe, plus propre à servir

d'épouvantail aux jeunes filles qu'à attirer leurs regards.

— « Ce doit être, ajouta le promis, la ter- reur des petits enfans de son quartier ; les mères doivent les menacer de lui quand ils pleurent, et je gage qu'ils s'enfuient et se cachent tous sur son passage.

— « Magdeleine, dit Suzanne, le vois-tu ? »

Mais la pauvre Magdeleine était dans une triste situation : l'homme sur lequel on s'exer- çait ainsi était Stephen ; elle aurait dû peut-être arrêter la première moquerie, en annonçant que ce jeune homme était de ses amis ; mais une fois la bordée partie elle n'aurait osé se faire ainsi solidaire de tous les ridicules que l'on avait découverts en lui ; elle prétexta un violent mal de tête et garda le silence le reste de la soirée.

Néanmoins ses pensées suivaient malgré elle le cours que leur avait donné la conver- sation de ses nouveaux amis.

Oh ! se disait-elle, s'ils savaient tout ce qu'il y a de beau et de noble dans le cœur de mon Stephen, ils n'auraient trouvé pour lui que de l'admiration. Mais pourquoi néglige- t-il ainsi son costume ? pourquoi n'est-il pas

comme tout le monde ? pourquoi ne cherche-
t-il pas à prévenir par son extérieur ceux qui
ne peuvent connaître son âme ?

Puis elle se reprocha de n'avoir osé l'a-
vouer et prendre sa défense, et elle tâcha de
se justifier à ses propres yeux aux dépens de
Stephen.

Elle n'avait jamais soupçonné que Stephen
pût paraître ridicule aux yeux de quelqu'un ;
que quelqu'un pût avoir un moment de su-
périorité sur lui. Aussi voulait-elle du mal
aux deux jeunes gens de l'avoir désabu-
sée, et d'avoir pris ainsi avantage sur son
amant.

C'est une triste chose pour une jeune fille
de s'apercevoir que son amant n'est pas le
premier des hommes, et que tout le monde
ne partage pas son amour et son admiration
pour lui. L'estime des autres pour celui qu'elle
aime est pour beaucoup dans l'amour d'une
femme, parce que dans son amant elle cherche
un appui et un protecteur ; parce qu'elle sent
qu'elle s'identifie à lui, qu'elle ne devient plus
qu'une partie de lui-même et s'absorbe en lui,
et n'aura plus d'autre considération que la
sienne, d'autre bonheur que le sien.

L'homme, au contraire, veut une femme à lui, tout à lui ; il veut qu'elle tienne au reste du monde par le moins de liens possibles ; il veut qu'elle tienne tout de lui ; il est jaloux d'un regard d'admiration que l'on fixe sur elle ; tandis qu'elle jouit des triomphes de son amant, car elle n'a plus d'autres triomphes que les siens, d'autre gloire que la sienne.

Aussi, mécontente d'elle, triste de voir Stephen moins grand, elle fut plusieurs jours sans lui écrire, puis elle fit une lettre, mais il fallait traverser la rue, il pleuvait, et elle ne pouvait la confier à un domestique. La lettre ne fut pas envoyée.

Cependant, la veille du bal chez sa tante, elle écrivit à Stephen ; car elle craignait, si elle le laissait plus long-temps dans l'inquiétude, de rencontrer son regard triste et sévère ; elle envoyait en même temps la lettre qui n'était pas partie à cause de la pluie, et elle se justifiait en expliquant ce retard.

LXIII.

Stephen à Magdeleine.

Ton image occupe tous mes rêves, toutes mes pensées ; l'amour que j'ai pour toi est le canevas sur lequel je brode ma vie ; au fond de mes actions les plus indifférentes on retrouverait cet amour. Je t'ai vue parée au théâtre ; je t'ai vue gaie et rieuse ; j'en ai emporté une impression pénible.

Tu es ma fiancée, Magdeleine, je dois tout te dire ; les conseils que je puis te donner, ceux que je recevrais de toi avec amour ne sont que pour préparer notre bonheur, qui s'approche tous les jours.

Tu avais une robe trop décolletée, et ta gaîté attirait sur toi des regards que ton costume arrêtait.

La plus belle parure d'une femme est la modestie ; la femme qui aime doit faire tendre tous ses efforts à ne rien laisser prendre d'elle aux autres hommes ; sa beauté, ses regards, sa voix, tout appartient à son amant. Un regard qu'un autre homme fixe sur toi souille ta pureté, et me dérobe quelque chose de mon bien ; tu es une fleur dont le parfum m'appartient ; tu ne dois le donner qu'à moi ; ce n'est pas assez que tu n'aimes que moi, tu ne dois être aimée que de moi ; l'amour et les désirs d'un autre homme te salissent ; tu dois te réserver pure pour te donner à moi. L'homme qui t'a contemplée, celui qui a écouté ta voix suave, qui a respiré ton haleine, celui-là a joui de ta beauté, de ta voix, de ton haleine ; il m'a volé, je le hais ; et toi, Magdeleine, tu es sa complice, si tu n'as pas pris assez de soin de lui cacher et de mettre hors de sa portée tout ce qui m'appartient.

Tu dois pour les autres voiler et les formes de ton corps et ta taille souple; tu dois avoir du bonheur à te donner tout à ton amant, et ne laisser voir ton visage et tes mains que parce que tu ne peux faire autrement. Ce que je réclame ainsi, Magdeleine, je l'achète et le paie de toute ma vie ; et mon seul désir serait de retrancher de mes jours, de mes instans tous ceux que je ne puis te consacrer entièrement. Notre vie à nous deux est unie et isolée au milieu du monde. Le monde, pour moi, c'est toi, c'est le lieu où tu es ; le monde, c'est nous deux, c'est notre amour.

Rien ne m'intéresse hors toi ; hors les moyens de te posséder, je ne donne à tout le reste ni une pensée ni un désir ; tout ce qui de mon corps ou de mon âme n'est pas pour toi, il me semble qu'on me l'arrache douloureusement ; je te donne tout mon être ; je voudrais que nos deux existences pussent se mêler et se confondre comme l'eau avec l'eau, le feu avec le feu.

Dis-moi, Magdeleine, ne serais-tu pas heureuse si tu pouvais dire en te donnant à moi : toi seul m'a vue ; jamais le regard d'un autre homme n'a caressé ni baisé mes lèvres,

et mon col et ma poitrine ; jamais un autre
homme ne m'a désirée, et n'a songé à me posséder. Je me donne à toi pure comme un ange ;
les autres hommes ne m'ont jamais vue ; pour
eux mon existence est inconnue, je ne vis que
pour toi, toi seul sais que je suis.

Car, Magdeleine, vous autres filles élevées
dans le monde, vous n'arrivez jamais vierges
aux bras de vos époux ; je ne vous en fais pas
un crime, vous ne pouvez empêcher qu'un
désir, qu'un rêve vous viole et vous déflore ;
mais ce qui dépend de vous c'est d'employer
tous vos efforts à dérober aux autres ce qui
n'appartient qu'à un seul, et ne leur laisser
prendre que le moins possible.

A ce propos, et en retombant faute de
mieux dans le réel et le possible, je veux te
parler de ta parure : crains de trop te serrer
dans un corset ; c'est à cet absurde et incommode usage que tant de jeunes filles doivent
des maux de poitrine et d'estomac, tout cela
dans le but de paraître minces, et de ressembler
à une guêpe au lieu de ressembler à une femme.

Vois les chefs-d'œuvre des arts, les tableaux
et les statues où des hommes de génie ont réuni
tout ce que la nature a produit de plus beau ;

vois-tu les corps des femmes ainsi étranglés par le milieu ? Une femme mourrait de chagrin et de regret si son corps était fait comme elle s'efforce de le faire paraître.

Le but de la parure doit être non de paraître riche mais de paraître belle ; la finesse , ou la rareté, ou le prix d'une étoffe ne doit donc entrer jamais en considération ; la forme des vêtemens et leur couleur seule ont de l'importance ; adopte la couleur qui te sied le mieux , la forme de robe qui fait le mieux ressortir tes avantages ; n'aye jamais la folie d'adopter ni une forme, ni une couleur parce qu'elle est à la mode, dût-elle te rendre laide et bossue.

Le blanc te sied parfaitement ; les cheveux en bandeau sur le front donnent à ta figure la douce majesté , la naïve pureté des madones de Raphaël ; de plus cette manière d'arranger les cheveux ne les gâte en aucune façon , et ne donne pas de maux de tête.

La société a corrompu les femmes et leur a enlevé une grande partie de leurs charmes ; toute la vie des femmes devrait appartenir à l'amour ; on les a rendues savantes et spirituelles ; leur vie se trouve divisée et partagée en une multitude de soins, d'affections et d'occupations ; elles n'en ont qu'une partie à donner à l'amour, à qui elles appartiennent tout entières.

Sans cela elles ne voudraient paraître belles qu'aux hommes et à un seul homme, leur parure n'aurait pas pour but de froisser la vanité des autres femmes.

Adieu, Magdeleine ; tu m'écris bien rarement ; et autrefois la pluie ne t'empêchait pas de m'envoyer une lettre qui me fait goûter le seul bonheur qu'il y ait pour moi dans la vie. Prends garde que tous ces plaisirs ne prennent trop de ton cœur.

LXIV.

« Cet homme est fou, dit Suzanne après avoir lu la lettre de Stephen; il est fort heureux qu'il n'exige pas de toi que tu aies des ailes et une auréole autour de la tête ; mais il y a encore l'avenir et l'espérance, et il me paraît organisé de telle sorte que je ne vois pas de folie qui ne puisse trouver place dans sa tête. »

Magdeleine ne répondit pas ; elle ne trouvait rien dans son esprit pour justifier Stephen, d'autant qu'elle le trouvait fort exigeant, et comme elle ne se sentait pas tout-à-fait sans reproche, relativement à la soirée où elle avait vu Stephen au théâtre, elle était naturellement portée à s'irriter contre quelqu'un qui précisait un blâme qu'elle pensait mériter, mais qu'elle se plaisait à laisser dans une sorte de vague.

Suzanne continua :

« A mon avis, la lettre est passablement impertinente, et peut-être M. Stephen est le seul qui ne se contenterait pas de t'avoir telle que tu es, sans vouloir t'imposer une perfection qui n'existe que dans son cerveau malade. Quoi ! Magdeleine, selon lui, ta vie doit être de le contempler continuellement, quelque laid qu'il soit; de faire en sorte de paraître aux autres laide et sotte : je m'étonne qu'il ne te conseille pas de t'arracher un œil et quelques dents et de te couper le nez.

« Il faut que M. Stephen se croie bien du mérite et de l'esprit pour prétendre remplacer pour une femme tous les hommages et tous les plaisirs de vanité.

— « Tu l'accuses injustement, dit Magdeleine; il n'a pas de vanité, et sa folie, si c'en est une, vient de son amour.

— « Le ciel me préserve et toi aussi d'un amour semblable! Il te mettra dans une cage de fer, Magdeleine ; il sera jaloux de ton amitié pour moi ; il nous séparera ; il te punira de n'être qu'une femme, fusses-tu la plus belle et la meilleure des femmes ; car il lui faut une fée, ou une déesse, ou une sylphide. Je ne serais pas surprise de le voir un jour te faire une infidélité en faveur de la lune ou d'une hamadryade. Cet homme est fou ; je te le jure sur ta tête et sur la mienne, je ne te livrerai pas ainsi aux bras d'un fou.

« Au lieu de t'entourer de plaisirs et de bonheur, il te retranche tout, il élève autour de toi un rempart de doutes et de soupçons, et si tu t'y soumets aujourd'hui, Magdeleine, quand ton amour, si réellement tu aimes un pareil homme, se sera affaibli, soit en voyant ton erreur, soit consumé par lui-même, alors l'un et l'autre vous gémirez du lien indissoluble qui vous unira ; vous vous haïrez, vous serez malheureux, non seulement de votre malheur, mais encore de tout le bonheur idéal que votre crédulité vous avait fait rêver. »

LXV.

L'émeraude.

Le matin du dimanche, comme il restait à Stephen quelque argent, il acheta des gants et des bas de soie, et quand arriva l'heure du dîner il se contenta de manger un morceau de pain, attendu que l'on devait souper après le bal.

Tout en battant son pantalon et son habit, il se représentait le bonheur dont il n'était séparé que par quelques heures; sa main toucherait celle de Magdeleine.

Puis il se lava et se coiffa avec soin; ensuite il repassa avec de l'encre les coutures un peu blanchies de son habit, mit une chemise bien plissée et une cravate bien blanche, puis les bas de soie et les souliers, puis le pantalon......

Mais la jambe tout entière passa par le genou.

Le pauvre pantalon n'était pas neuf, et chaque coup de baguette l'avait coupé; il était complétement haché.

Il resta étourdi comme d'un coup sur la tête, car avec celui, en fort mauvais état, qu'il mettait tous les jours, c'était le seul pantalon qu'il possédât; et il n'y avait pas moyen d'en mettre un de toile en plein hiver.

Il se frotta les yeux croyant rêver; mais la chose n'était que trop réelle.

Il n'y avait plus moyen d'aller au bal.

Il maudit le pantalon, le ciel, la terre et Dieu, tout en se disant de temps en temps: Allons, il faut de la raison.

Il passa deux heures à se moraliser, à se

démontrer que s'il ne voyait pas Magdeleine ce jour-là, il la verrait un ou deux jours après; qu'au milieu d'un bal, il ne pourrait ni lui parler ni la regarder; enfin, que ce n'était pas un malheur.

Après quoi il se mit en route avec son costume de tous les jours, sentant qu'il lui fallait voir Magdeleine à tout prix, et se proposant de la voir au moins descendre de voiture.

Il arriva à la ville au commencement de la nuit, et se mit dans un coin près de la maison pour voir arriver les voitures. Tout le monde était en grande parure, et Stephen s'estima heureux de son accident, qui l'empêchait de se trouver pauvrement habillé au milieu de ces gens.

Il se rapprocha du mur quand il vit d'une belle voiture s'élancer Edward, élégamment vêtu : pour tout au monde il n'eût pas voulu être reconnu de lui.

Bientôt après, Suzanne et Magdeleine descendirent; elles étaient accompagnées du promis de Suzanne et de M. Müller. Comme le pauvre Stephen eût voulu l'arrêter un moment pour la contempler à loisir! mais elle disparut, et Stephen s'éloigna à grands pas. Mais, au détour de la rue, il retourna la tête et ne put se décider à perdre de vue la maison où elle était; il revint et se promena dans la rue, s'occupant peu de l'attention des voisins, et de la neige fondue qui tombait en pluie froide.

Les pensées les plus diverses remplissaient son esprit : Que fait-elle? Peut-être un autre la caresse du regard et s'enivre de sa voix; heureusement que ce Schmidt, ce garçon blond, n'y est pas.

Un domestique sortit et dit à un de ses camarades qui fumait sur la porte : « C'est très beau; si tu veux voir un peu, prête-moi ta pipe et je garderai tes chevaux; mais ne reste pas long-temps. » Le cocher lui donna sa pipe et ses guides et entra dans la maison ; d'un mouvement subit Stephen s'élança derrière lui et le suivit; en montant l'escalier il rabattit ses cheveux sur ses yeux pour ne pas être reconnu; le cocher entra dans l'antichambre. Par une porte entr'ouverte pour donner de l'air, les yeux pouvaient plonger dans le salon, et plusieurs domestiques regardaient d'un œil d'envie les plaisirs de leurs maîtres. Au milieu de femmes richement parées, et d'hommes empressés autour d'elles, Stephen aperçut

Magdeleine; elle valsait avec Edward. Edward
la dévorait du regard ; Magdeleine, en effet,
était bien belle : le plaisir animait ses traits,
et aux sons d'une ravissante musique elle
touchait à peine le parquet.

Stephen sentit ses dents se serrer; il trouvait que Magdeleine abandonnait trop son
corps au bras d'Edward, et Edward valsait à
ravir; l'élégance de son costume et de ses
manières en faisait un cavalier remarquable,
et sa figure était plus jolie qu'aucune de celles
que renfermait le salon.

De temps à autre, quand les regards de
Magdeleine se portaient vers la porte, il se
retirait dans l'ombre ; mais au bout d'une
heure, persuadée qu'il ne viendrait pas, et
se livrant tout entière au plaisir, elle ne
tourna plus les yeux de ce côté. N'importe, se
disait Stephen, cette bague de mes cheveux
qu'elle a au doigt lui rappelle mon amour.
Au milieu de ses plaisirs, tout confondu que
je suis misérablement avec les valets, je rem-
plis son cœur comme elle remplit le mien.
Qu'est-ce qu'un accident qui nous sépare
pour une soirée, quand nous avons devant
nous toute une vie de bonheur et d'amour ?

Edward, de toute la soirée, ne quitta pas Magdeleine des yeux. Quatre fois il valsa avec elle.

Elle laissa tomber son bouquet, il s'élança et le cacha dans son sein; heureusement pour Stephen qu'il ne pouvait s'en apercevoir; heureusement aussi qu'il n'avait pas vu que Magdeleine n'avait pas au doigt la petite bague de cheveux.

Suzanne, en l'aidant à s'habiller, lui avait dit : « Magdeleine, est-ce que tu vas garder cette bague de cheveux ?

— « Oui, avait répondu Magdeleine.

— « Tu as tort; il n'y a rien de ridicule dans un salon comme une bague de cheveux; c'est s'exposer à une foule de commentaires fâcheux: si tu as un amour au cœur, as-tu besoin d'en instruire toute la société ?

— « Je suis la fiancée de Stephen; je suis fière de son amour, et je puis l'avouer à la face de toute la terre.

— « C'est au moins inutile, chère Magdeleine, et, pour ton amant lui-même, tu ne dois rien faire qui puisse nuire à ta considération : une jeune fille ne peut avouer qu'elle aime; et, d'ailleurs, ton mariage manquant, tu serais déshonorée aux yeux du monde. Et puis, qu'auras-tu à me confier si tu affiches ainsi tes secrets ? Tiens, Magdeleine, serre aussi précieusement que tu le voudras cette ridicule petite bague, et prends celle-ci ; c'est un gage d'amitié, et tu peux le montrer à tous les yeux. »

La bague était une magnifique émeraude, parfaitement montée ; tandis que Magdeleine la regardait, Suzanne lui ôtait doucement du doigt la bague de cheveux.

Il était tard, M. Müller se leva, Magdeleine, Suzanne et son promis ; la porte où était Stephen s'ouvrit, et les domestiques s'empressèrent autour d'eux pour leur donner leurs manteaux et leurs fourrures. Stephen s'était caché le plus possible, mais le promis de Suzanne se tourna vers lui et lui dit : « Faites approcher ma voiture. »

Stephen traversa la salle en grinçant des dents, et s'enfuit à moitié fou ; cependant il voulut voir encore Magdeleine, et il attendit à la porte.

On attendit long-temps, puis le promis : « Ce faquin n'a donc pas fait ma commission ! » Un autre domestique s'en chargea ; tout le

monde sortit, et Edward reconduisit les dames jusqu'à leur voiture, puis monta dans la
sienne et partit. Un homme se trouvait sur
son passage et paraissait n'entendre ni le bruit
des roues ni le galop du cheval. Edward lui
donna un coup de fouet pour le déranger ;
c'était Stephen. « Il a un magnifique cheval,
dit Suzanne.

— « C'est un de nos premiers élégans ; c'est
un charmant jeune homme, ajouta le promis ;
il est de mes amis, et nous avons fait ensemble plus d'une joyeuse partie. Il est entré depuis peu de temps en possession de sa fortune ;
ce serait un excellent mariage.

« Je le crois fort épris de mademoiselle Magdeleine, dit-il en souriant ; il m'a accablé de
questions sur elle, et était tout stupide d'admiration. »

LXVI.

Gazette du ..... décembre .....

NOUVELLES de l'armée.

Nos troupes ont rencontré l'ennemi : il y a eu entre les deux avant-gardes une escarmouche dans laquelle l'avantage nous est resté. Un accident déplorable a seul altéré la joie de la victoire. Un jeune sous-officier, que son ardeur avait emporté en avant, a puissamment contribué à la défaite des ennemis, étonnés de son audace; mais un de ses étriers s'étant rompu, il est tombé de cheval, et a été écrasé et horriblement mutilé par les pieds des chevaux de ses camarades; on l'a enlevé encore vivant du champ de bataille, mais après deux heures de souffrances, il est mort à l'ambulance; on l'a enterré hier. Un détachement de son régiment lui a rendu les honneurs militaires.

On pense généralement que la campagne est terminée, et que les diplomates finiront la guerre.

LXVII.

Stephen à Magdeleine.

Je n'ai plus que toi, toi seule au monde, Magdeleine; mon frère, mon Eugène, mon frère bien aimé est mort : c'est un lien de moins à la vie; je n'ai plus que toi; c'était la seule part de mon âme que tu n'avais pas, tu hérites de lui.

Je suis bien triste, bien accablé; le pauvre enfant a souffert, sans avoir auprès de son lit de douleur un regard ami, sans presser la main de son frère. Je me reproche sa mort plus que je ne puis te le dire.

Aime-moi, Magdeleine; aime-moi, j'en ai bien besoin. Je suis tout à toi; je n'ai plus rien que toi; donne une larme à Eugène, Magdeleine, il était bon, brave et beau; sa vie avait une riante aurore. Pleure avec moi, Magdeleine; pleure, je suis seul, bien seul: pauvre enfant! que j'aurais voulu lui dire adieu. Son visage si gai, si riant, contracté convulsivement par la douleur; ses jolis cheveux blonds souillés de sang; son corps brisé, sa face pâle, son œil terne; son œil, autrefois si vif..... horrible chose!

Oh! si j'avais été près de lui, je l'aurais couvert de mon corps, je l'aurais sauvé; il aimait la vie, la sienne était dorée de tant de bonheur et d'insouciance! il l'a quittée en la regrettant, en se cramponnant après elle.

O mon frère! mon Eugène! adieu.

LXVIII.

Dans les plaines , l'herbe est jaunie. . . .
Poète , échauffe-toi du feu de ton génie ,
Tu n'as pas d'autre feu.

A QUELQUES jours de là Stephen reçut une
lettre de son père. Après un long sermon sur
la désobéissance des enfans , qui avait causé
la mort d'Eugène , disait-il , il annonçait que ,
pour la dernière fois , il écrivait à Stephen
pour l'engager à profiter de ce funeste exemple , suivre les avis de gens plus sensés que
lui , et venir épouser sa cousine , qui était en-

core libre, et à laquelle on avait caché sa folie.

Stephen refusa, quoiqu'il fût alors plus pauvre et plus nécessiteux que jamais.

Peu à peu l'impression funeste de la mort de son frère prit une teinte peu moins sombre. Il s'habitua à penser qu'il n'y avait plus pour lui ni peines, ni souffrances; qu'il était heureux au ciel, ou qu'il était anéanti. Il avait reçu d'un officier, qui en avait eu la commission d'Eugène mourant, le sabre de son frère, le sabre qu'il avait à la main le jour de son funeste accident. Ce présent lui donna une consolation; il avait eu l'adieu de son frère.

D'autre part il avait la promesse positive qu'un mois encore et il serait installé dans la place, objet de tous ses désirs, qui devait lui permettre de demander Magdeleine à son père.

L'isolement de cœur où le mettait la mort d'Eugène lui rendait plus nécessaire encore son rapprochement de celle qui était toute sa vie et tout son bonheur, et il pressait de tous ses vœux chaque jour, chaque instant.

LXIX.

Un bonheur.

« Je n'accepterai pas, dit Magdeleine.

— « C'est une folie, reprit Suzanne ; il est beau et riche, et t'aime à en perdre la tête.

— « Stephen m'aime aussi, et je lui ai promis d'être à lui, à la face du ciel.

— « Regarde l'avenir, chère Magdeleine, tu n'es pas riche, et Stephen est pauvre : l'un et l'autre vous pouvez faire un riche mariage, lui en épousant sa cousine, et toi M. Edward.

« Si par une niaise fidélité, si par un inutile entêtement, vous vous obstinez tous deux à être l'un à l'autre, il viendra un jour où vous regretterez la richesse. L'amour meurt dans la pauvreté, l'amour est un luxe de vie, il ne peut exister quand la vie entière est prise et partagée par des soins minutieux d'argent, par une lutte continuelle contre la pauvreté ; l'un et l'autre vous serez malheureux, non seulement de vos privations personnelles, mais encore de celles que vous verrez éprouver à l'autre.

— « J'aime Stephen ! c'est le meilleur et le plus noble des hommes : son amour suffit à ma vie.

— « Regarde autour de toi, Magdeleine ; vois ce qu'il advient de tous ces mariages d'inclination ; tous les efforts, tous les ressorts de la vie sont tendus vers un seul but ; mais une fois le but atteint, l'esprit et le cœur se divisent en une multitude d'autres soins, d'autres affections. L'amour s'use par la jouissance, comme les forces par un repos prolongé ; il n'y a que la lutte pour les entretenir.

« Tu n'aimes pas Stephen, et Stephen ne

t'aime pas ; ce que vous aimez l'un et l'autre, c'est une image idéale, un ensemble chimérique de perfections que vous vous appliquez. Relis cette folle lettre de ce fou, tu verras que tu es pour lui, non une femme, mais une fée qu'il adore sous ta forme, comme on adore Dieu dans une statue ou dans un tableau, comme les druides adoraient Teutatès sous la forme d'un tronc de bois. Le pauvre garçon a rêvé une divinité et t'a choisie pour la représenter : il l'a incarnée en toi ; son imagination a été si loin qu'elle le rendra injuste pour la beauté et les qualités que tu possèdes, parce que ce qu'il veut n'existe pas ; et toi, Magdeleine, tu es loin d'être folle comme lui : ton exaltation n'est qu'un reflet de sa folie.

— « Suzanne, il m'a confié son bonheur, est-ce pour le tuer ?

— « Tu ne le tueras pas moins en te donnant à lui, tandis qu'en suivant nos avis, au moins tu lui conserveras l'illusion, qui est le véritable aliment de sa vie. Je le crois, il est capable de tout faire, bien et mal, pour te conquérir ; mais une fois à lui, il verra que tu n'es qu'une femme, et à son amour succédera la froideur, le dégoût, et peut-être la haine, car il croira que tu l'as trompé, quand c'est lui qui s'est trompé lui-même. »

Pendant que les deux amies devisaient ainsi, Edward était avec M. Müller, et lui demandait la main de Magdeleine. Le moment était parfaitement choisi, car M. Müller était ce jour-là fort heureux. Après de longues recherches, il avait enfin trouvé l'étymologie de *ranunculus;* et plein, gonflé de cette découverte, il était à parier que le premier homme auquel il pourrait la confier deviendrait son ami.

« Monsieur, dit-il à Edward, vous me voyez triomphant; vous connaissez les renoncules, en latin *ranunculus.* Eh bien! monsieur, seul de tous les savans, je possède l'étymologie de *ranunculus.*

« Il y a plus d'un an, j'avais déjà découvert que la terminaison vient de *unculus,* crochet, ongle, attendu que la renoncule provient de griffes, c'est-à-dire que sa racine est de l'espèce appelée *griffe.*

« Aujourd'hui, une inspiration subite, une véritable lueur d'en haut, m'a fait voir une chose que j'aurais dû apercevoir cent fois, c'est que *ranunculus* vient aussi de *rana,* grenouille, parce que cette plante croît dans les lieux marécageux : le sens est donc indubitablement pate de grenouille. »

Edward donna son assentiment, et parut faire un grand cas de la science, de sorte que sa demande fut parfaitement accueillie, d'autant que c'était pour Magdeleine un parti fort avantageux.

Edward partit avec la promesse d'être présenté à Magdeleine le surlendemain.

Quand M. Müller fit part à sa fille de ce qui s'était passé, quand elle apprit qu'Edward avait le consentement de son père, et qu'il ne manquait plus que le sien pour le mariage, elle devint toute tremblante ; les idées saines et justes de Suzanne avaient fait une vive impression sur son esprit ; elle se rappela que souvent elle n'avait pu suivre Stephen dans les nuages où son esprit s'élevait, et qu'elle avait été alarmée plus d'une fois de toutes les perfections qu'il lui accordait libéralement, gênée qu'elle se trouvait par les obligations que lui imposait une si haute opinion sur elle.

L'avenir, tel que le lui avait peint Suzanne, ne lui paraissait que trop vrai ; de plus, elle était encore sous le charme des plaisirs, nouveaux pour elle, dans lesquels elle vivait depuis quelque temps, et elle avait senti que la position de Stephen la séparerait forcément de Suzanne, dont la fortune allait encore s'accroître par son mariage. Il lui sembla que la vie brillante où elle se trouvait était sa vie naturelle, et que celle qu'elle devait passer avec Stephen dans la médiocrité était un exil. Néanmoins elle était décidée à garder ses sermens, et à faire à Stephen et à son bonheur le sacrifice de son avenir.

Suzanne seulement avait obtenu d'elle qu'elle ne préjugeât pas ses propres impressions, et qu'elle se laissât présenter Edward.

«Et, ajouta Suzanne, as-tu vu comme ton père était heureux? il devient vieux, et il pense avec joie qu'il aura assuré l'avenir et le bonheur de sa fille. Magdeleine, pourquoi ne se fierait-on pas à la prudence des gens plus âgés? Ils nous ont précédés dans la vie; ils ont passé par toutes nos impressions; leur passé renferme notre présent et notre avenir; ils peuvent juger mieux que nous et choisir pour nous.

LXX.

Près d'un mois s'écoula : tandis qu'Edward suivait partout Magdeleine dans les bals, dans les assemblées, au spectacle, M. Müller ne cessait de faire son éloge, et de supplier Magdeleine de l'accepter pour époux. Suzanne, par sa raison et son amitié, exerçait sur l'esprit de son amie une grande influence. Depuis long-temps Stephen n'avait écrit. Magdeleine ne le voyait plus au spectacle.

Un jour elle reçut une lettre de lui, mais elle ne venait pas du lieu ordinaire.

STEPHEN A MAGDELEINE.

« Tout est fini pour moi, Magdeleine, tout est perdu ; la pauvreté s'opiniâtre à peser sur moi ; l'espoir qui me soutenait depuis si long-temps s'est éteint, et l'avenir n'est plus qu'un immense désert, borné seulement par un sombre brouillard.

« Il y a trois semaines, j'ai reçu une lettre d'un parent, le seul qui m'avait témoigné quelque intérêt quand j'ai quitté ma famille ; il m'écrivait qu'il était malade, et que, s'il avait bien jugé mon cœur, j'irais le consoler et le soigner.

« Je montrai ma lettre au principal du collége, et j'obtins un congé de huit jours : je trouvai mon infortuné parent à l'article de la mort. Comme mon pauvre frère, il a été soldat ; ses blessures s'étaient rouvertes et lui faisaient éprouver d'horribles souffrances. Quand il m'aperçut, la vie parut se ranimer en lui ; il me reçut comme un sauveur. Depuis ce temps, je l'avais entouré de soins et de conso-

lations; mais le temps de mon congé s'étant
écoulé, quand j'ai voulu partir, il m'a supplié
d'une voix éteinte de ne pas l'abandonner; je
suis resté. Il y a trois jours, on m'a annoncé
du collége que l'on m'avait donné un succes-
seur; j'ai écrit tout de suite, et l'on m'a répondu que cette mesure était irrévocable.

« J'ai beaucoup réfléchi, Magdeleine; je ne
sais plus aujourd'hui quand je pourrai me
rapprocher de toi; tous mes efforts sont per-
dus et je n'ai plus ni force ni courage; seulement j'ai pensé que je ne pouvais plus long-
temps t'enchaîner à mon sort; tu n'as pas assez
de force pour marcher, à côté de moi, dans
l'avenir triste et difficile que j'ai devant moi!
et moi, je ne me sens plus assez fort pour te
soutenir; c'est assez de mes souffrances! je ne
pourrais supporter les tiennes; je ne pourrais
supporter la pensée que, sans moi, Magdeleine,
heureuse et libre, épouse d'un mari riche,
verrait couler des jours calmes et fortunés!

« Ma résolution est prise, fixe et inébran-
lable; je veux mettre toi et moi à l'abri de
ta générosité; tu ne voudrais pas m'abandonner, c'est moi qui te quittes! tu ne sauras pas
où je suis : je renonce à toi; je te rends tes

sermens. Aussitôt la mort de mon malheureux parent, je partirai, j'irai loin, sous un autre ciel.

« Ne cède pas à la première impression que te causera cette lettre ; entourée de plaisirs et d'hommages tu céderas à la loi commune ; tu m'oublieras.

« Je suis mort pour toi, et ma dernière volonté est celle-ci : épouse un homme digne de toi, et donne-lui tout l'amour que tu m'avais donné. Fais tout pour m'oublier et pour être heureuse.

« Adieu, Magdeleine, ne fais rien pour m'écrire ni pour me revoir, tout serait inutile, le sacrifice est consommé. »

Magdeleine pleura beaucoup à la lecture de cette lettre ; mais Suzanne mit tout en œuvre pour lui prouver que tout était pour le mieux. « Il le dit lui-même, l'oubli pour l'absent est une loi inévitable ; lui aussi t'oubliera, il ne sera pas malheureux ; il a assez d'illusions pour en parer une autre femme, et peut-être il épousera cette cousine riche dont on nous a parlé. Tu dois être aussi généreuse que lui : ce qui l'accable en ce moment est son bonheur pour l'avenir; il sera forcé de céder au vœu de sa famille ; et, d'ailleurs, si son amour était invincible, il n'aurait pu trouver en lui assez de force pour ce sacrifice. »

Le lendemain il arriva une seconde lettre de Stephen, mais elle tomba d'abord aux mains de Suzanne, qui la brûla. Voici ce qu'elle contenait.

STEPHEN A MAGDELEINE.

« Oh l'insensé ! l'insensé ! Que t'ai-je écrit hier! Déchire, brûle ma lettre; je ne t'ai pas tout dit : je ne t'ai pas dit que sans toi je ne pourrais supporter la vie; je ne t'ai pas dit qu'en écrivant cette absurde lettre des larmes amères inondaient mon papier; je ne t'ai pas dit que le plus affreux désespoir remplissait mon cœur : je te trompais; je voulais mourir, Magdeleine, je voulais me tuer, car c'est le seul moyen de te séparer de moi; c'étaient réellement les dernières volontés d'un mourant que tu as reçues.

« Mais mon pauvre parent a vu mon abattement; il m'a interrogé, j'ai tout dit : « Stephen » m'a-t-il dit, que je meure ou que je vive, tu ne seras pas puni du bien que tu m'as fait; ce secrétaire renferme un contrat de rente, il t'est destiné; ce n'est pas une fortune, mais avec des goûts simples et du travail tu pourras l'accroître...» Je ne pus que serrer sa main; il me rendait la vie.

« Tout va donc bien, ma fiancée chérie; attends-moi, attends ton époux. Je ne puis te dire de m'écrire ici, c'est une maison retirée, la poste n'y vient pas : je me dédommagerai du bonheur de recevoir tes chères lettres en t'écrivant moi-même. Attends-moi. »

LXXI.

> Mais quand , à travers la feuillée ,
> La lune glisse dans la nuit
> Sa lumière bleue et voilée ,
> La sueur le glace , il frémit :
> La brise , qui dans le branchage
> Souffle , et fait trembler le feuillage ,
> Lui semble une voix qui lui dit :
> Maudit, maudit............
>
> GOETHE.

Dans une chambre tristement fermée , tristement parfumée d'éther et d'eau de mélisse,
Stephen était assis auprès de son parent , tenant à la main un livre qu'il ne lisait pas : il

alla lever un rideau et revint à sa place ; à ce moment le soleil était près de se coucher, et le médecin avait dit à Stephen : « Votre parent ne passera pas la journée, vous le verrez mourir au soleil couchant. » Jusque-là, Stephen avait désiré sa mort, car depuis quelques jours le pauvre homme souffrait d'horribles tortures, et si le jeune homme en eût eu la facilité, peut-être l'eût-il empoisonné pour terminer son agonie. Mais en ce moment, cette séparation de la vie et du corps a quelque chose de terrible et d'imposant, à quoi l'on ne saurait résister.

L'âme qui se dégage légère et joyeuse et qui laisse le corps comme un masque après le bal, comme un ami devenu riche son ami pauvre.

Stephen tenait les yeux fixés sur le soleil, qui descendait derrière une maison en face, et de temps en temps les reportait sur le mourant qui râlait ; déjà ses pieds et ses mains étaient morts, sa voix était morte et son regard mort : ce râle semblait le reste de sa vie, qui cherchait à se rapprocher de la bouche pour s'échapper dans un dernier souffle.

A ce moment le soleil descendit tout-à-fait : et involontairement, l'œil fixe, Stephen s'élevait sur ses bras pour le voir plus long-temps ; il disparut tout-à-fait, et Stephen jeta un horrible regard d'anxiété sur son parent : il râlait encore.

Ce fut seulement quatre heures après que ses yeux restèrent ouverts, que son cœur cessa de battre et le râle de se faire entendre. Allons, dit Stephen, il ne souffre plus !

Et long-temps il resta le regard attaché sur cette figure livide et inanimée. Tout est fini, répéta-t-il.

Une idée lui surgit : « Et ce contrat de rente qu'il m'avait promis, mon seul espoir pour me rapprocher de Magdeleine ; je n'ai jamais osé lui en reparler, et il n'en a pas écrit la donation ; chaque espérance par laquelle je me laisse bercer n'est donc qu'un horrible sarcasme ; pour moi plus que pour lui, tout est fini ; » et après quelques instans d'abattement : « Cependant ce contrat de rente est là dans ce secrétaire ; il est à moi ; c'est sa volonté qui me l'a donné : comment pourrait-il m'appartenir davantage ? Je puis le prendre : si je le laisse, à qui sera-t-il ? à des parens éloignés auxquels il n'a pas eu l'intention de le laisser. A qui doit-il appartenir ? ou à des parens qui l'ont aban-

donné dans ses souffrances, ou à moi qui
ai tout quitté, mon bien-être, et mon espoir,
et mon bonheur, pour venir tristement l'assister aux lugubres heures de la mort. A qui ?
ou à ceux à qui il n'a rien voulu laisser, ou à
moi à qui il a légué de sa pleine volonté ce
gage de reconnaissance ? Je suis un fou ; il
est à moi, parfaitement à moi, la mort seule
l'a empêché de me le donner, et c'est le seul
moyen d'avoir Magdeleine. »

Et Stephen se leva et marcha vers le secrétaire. Cependant, quelque bien établi que lui
parût son droit, il regarda si personne ne
pouvait le voir par la fenêtre : il cacha la bougie avec la main, et après s'être encore bien
déduit les raisons qui faisaient de ce contrat un
bien à lui, il ouvrit le secrétaire, mais sans
faire de bruit et tournant lentement la clef,
puis il chercha dans les papiers, la poitrine
oppressée et respirant à peine.

Comme il en lisait un, un froid mortel le
glaça ; il sentit une main sur son épaule.

Il se retourna brusquement, c'était le mort,
le mort nu, décharné.

Pour un moment la vie s'était ranimée en
lui, et voyant un homme à son secrétaire il

était venu en chancelant; l'horreur de Stephen faillit le tuer. Du premier mouvement il laissa tomber la lumière et repoussa d'un coup dans la poitrine le mort, qui tomba lourdement, se fracassa la tête sur le coin d'une table et expira.

Alors Stephen, éperdu, voulut s'enfuir, mais ses pieds butèrent contre le cadavre, et il tomba sur le corps froid.

Il se releva et s'élança dehors, courant à travers les champs comme un insensé; la lune brillait et donnait à tout pour lui une horrible forme; les arbres étendant leurs branches lui paraissaient des cadavres allongeant les bras pour le saisir.

Peu à peu cette horreur se calma, il revint. Le médecin venait d'entrer dans la chambre. « Vous êtes sorti un moment, dit-il à Stephen, pendant ce temps il aura voulu se lever, il est tombé, et ce coup a fini ses douleurs. »

LXXII.

Une noce et les conséquences d'icelle.

Qu'elle est belle, la fiancée !
Comme sa paupière est baissée,
Comme son front sous le voile rougit.

Le matin, Suzanne avait été menée à l'église par son promis. Jamais on n'avait vu un plus riche ni un plus beau mariage : la parure de la mariée avait excité l'admiration et l'envie de toutes les femmes : les pauvres, auxquels on jeta de l'argent, frappaient le ciel de leurs bénédictions. Le repas, le bal, tout fut magnifique et enivrant.

Involontairement Magdeleine pensa à la
possibilité de son mariage avec Edward. Il ne
l'avait pas quittée de la journée, n'avait dansé
qu'avec elle ; et Suzanne lui avait dit le
soir : « Magdeleine, une chose manque à mon
bonheur, c'est de te voir aussi heureuse que
moi ; écoute les conseils d'une mariée, tu sais
qu'ils portent bonheur... épouse Edward. »

La nuit, Magdeleine ne put dormir. Suzanne n'était plus une jeune fille ; d'autres soins
allaient s'emparer de son cœur ; son amitié ne
pourrait plus suffire à Magdeleine ; elle allait
tristement retourner à la campagne avec son
père : d'autre part, on ne laissait plus arriver
jusqu'à elle aucune lettre de Stephen, et
tout la portait à croire que la résolution qu'il
avait annoncée était immuable. Suzanne lui
avait fait voir ce qu'il y avait d'exagéré dans
Stephen, et Magdeleine, qui par elle-même
n'avait guère d'exaltation que celle qu'il lui
communiquait, avait déjà perdu une sorte
d'admiration pour son caractère, et n'avait
plus qui l'attachât à lui que la crainte de
le rendre malheureux, et cette sorte de

jouissance qu'éprouvent les âmes nobles à faire un sacrifice. Ainsi, si Stephen s'était présenté alors, et que M. Müller y eût consenti, elle l'eût nécessairement épousé, quelque triste que fût devenu pour elle l'aspect de la médiocrité.

Mais à quelque temps de là, Suzanne prit une nouvelle femme de chambre. Edward la reconnut chez son ami, et la fit parler : c'était cette jolie Marie qui avait donné de si vifs désirs à Stephen.

Autant les femmes sont discrètes sur l'amour qu'elles ont couronné, autant elles aiment à parler de celui qu'elles n'ont pas partagé. C'est une vertu facile dont on aime à se parer; d'ailleurs, la petite avait été un peu piquée de la maladresse de Stephen, non qu'elle l'aimât, mais une sorte de caprice la portait vers lui, et elle narra comme quoi il avait été fort amoureux d'elle et lui avait fait long-temps la cour.

Ce fut un coup mortel pour Stephen. Suzanne profita de cet incident et en tira tout le parti possible. Magdeleine vit alors que Stephen pouvait vivre sans elle, et qu'il y avait d'autres amours pour son cœur. Elle était humiliée surtout de la rivale qu'elle avait eue, et un jour, cédant aux sollicitations de Suzanne et de son père, elle donna son consentement à son union avec Edward, se persuadant à elle-même que c'était par dépit, et pour se venger de Stephen. Mais quoique ce sentiment fût pour quelque chose dans sa détermination, il n'était pas seul. Edward était plus pourvu que Stephen de tous les avantages extérieurs; son esprit était plus léger et plus gracieux; Stephen n'avait pour lui que sa nature poétique, mais son amour pour Marie tuait dans l'esprit de Magdeleine toute cette poésie, et d'ailleurs, à son insu, la fortune était pour elle devenue un besoin.

M. Müller et sa fille partirent pour leur maison; il fut décidé que Suzanne et son mari, avec Edward, iraient passer avec eux les jours qui précéderaient le mariage.

LXXIII.

C'était un beau jour de printemps,
La prairie était émaillée,
Les amandiers étaient tout blancs ;
A travers la jeune feuillée
Se glissaient les rayons ardens ;
La prairie était émaillée,
Les amandiers étaient tout blancs.

« A-t-on goudronné le petit bateau ? dit
Stephen.

— « Oui, monsieur, répondit un jardinier.

— « Il faut faire peindre aujourd'hui ces
volets d'un vert très sombre ; et vous, plantez

autour de la maison la vigne, la clématite, le chèvrefeuille, du jasmin et des rosiers du Bengale, les plus hauts que vous pourrez vous procurer, pour qu'ils tapissent le devant de la maison.

— « Monsieur, ils sont un peu chers.

— « C'est égal. »

C'est la première fois que l'on voit Stephen parler ainsi, et cela a besoin d'explication. A l'ouverture du testament de son parent, on avait trouvé la donation à Stephen d'un contrat de rente de deux mille florins, et d'une somme de quinze mille florins en argent.

Stephen était riche, et avait employé une partie de son argent à l'achat d'une petite maison, et il s'occupait de la rendre exactement conforme aux projets qu'il avait faits avec Magdeleine dans les premiers jours de leur amour.

La maison était sur un coteau bien vert; au bas du coteau coulait la rivière; il avait fait arranger la chambre nuptiale et celle de M. Müller.

Une seule chose manquait tristement à l'exécution du projet, c'était la chambre destinée à Eugène.

Le mur était caché par une haie d'aubépine et d'églantiers; du côté de la rivière, le jardin n'était borné que par la haie, et tout cela commençait à feuillir. Il n'avait oublié ni le jardin fleuriste pour M. Müller, ni surtout le petit banc de gazon à deux places, avec le berceau de lilas, de syringa, de chèvrefeuille, de rosiers et de jasmin pour Magdeleine et pour lui, ni le petit vivier et le treillage à l'entour, ni les pois de senteur, *avec leurs fleurs qui ressemblent à des papillons.* Autour des tilleuls de l'autre côté de la rivière, on voyait la maison de Fritz; c'était un bon voisin, et il avait aidé Stephen dans ses dispositions. Cette petite propriété était vraiment un lieu enchanté; l'air pur de la rivière donnait à la végétation une admirable vigueur; la nature était riante et joyeuse.

« O mon Dieu! disait Stephen, je te remercie; tu ne m'as pas abandonné, quoique je t'aie maudit plus d'une fois. »

Il savait que Magdeleine aimait le bleu; il fit tendre en bleu leur chambre à tous deux.

Et son cœur était doucement serré dans cette chambre qu'elle devait habiter avec lui : « Là, elle posera ses pieds; sur cette chaise, elle mettra ses vêtemens le soir ; devant cette glace, elle s'ajustera le matin.

« Ce lit est pour elle et pour moi. »

Quand, après quelques jours, tout fut bien arrangé comme il le voulait, il se mit en route pour aller trouver Magdeleine, lui faire part de tout ce qui leur était arrivé d'heureux, et la demander à son père. Plusieurs jours auparavant, sous un nom supposé, il avait fait louer la petite chambre chez M. Müller.

Il cueillit des wergiss-mein-nicht au bord de la rivière, et de l'aubépine dans son jardin : ces deux fleurs avaient pour elle et pour lui bien des souvenirs.

Et il mit le costume qu'il avait le jour de son départ, le pantalon de toile, les guêtres et un gros bâton à la main.

Chemin faisant, il était plus d'à moitié fou de bonheur.

Le jour était magnifique, le beau soleil pénétrait le feuillage des arbres.

Et comme il approchait : « O mon Dieu disait-il, quand je vais entrer dans cette maison, je vais mourir ; quand je vais revoir ces tilleuls sous lesquels se sont envolés pour nous de si rapides journées, l'aubépine en fleur, dont je lui avais fait une couronne de fiancée!

« Aujourd'hui, véritablement, je lui donnerai une couronne de fiancée!

« Et cette petite chambre où j'ai reçu ses adieux.

« Notre nom gravé sur le tronc de ce vieux tilleul.

« L'herbe foulée sous ses pieds.

« L'air respiré par elle.

« Le parfum des fleurs que nous respirions ensemble. »

A ce moment, au détour d'un chemin, il vit les cimes des tilleuls.

Il cessa de respirer, la vie fut suspendue en lui : il fut obligé de s'arrêter.

Puis, sans parler, les nerfs agités convulsivement, tout tremblant d'émotion, il marcha, et entra dans la maison ;

Et d'un bond arriva au jardin.

FIN DU TOME PREMIER.

TABLE DES MATIÈRES

DU TOME PREMIER.

———

332 TABLE DES MATIÈRES.

FIN DE LA TABLE.

DE L'IMPRIMERIE DE CRAPELET,
rue de Vaugirard, n° 9.

www.ingramcontent.com/pod-product-compliance
Lightning Source LLC
Chambersburg PA
CBHW050152030726
47505CB00005B/1345